Ennemis devant l'autel

JACKIE ASHENDEN

Ennemis devant l'autel

Traduction française de
CATHERINE BENAZERAF

AZUR
HARLEQUIN

Collection : Azur

Titre original :
ENEMIES AT THE GREEK ALTAR

HARPERCOLLINS FRANCE
83-85, boulevard Vincent-Auriol, 75646 PARIS CEDEX 13
Service Clients — https://www.harlequin.fr/contenu/contactez-nous
ISBN 978-2-2805-1687-7 — ISSN 0993-4448

Édité par HarperCollins France.
Composition et mise en pages Nord Compo.
Imprimé en mai 2025 par CPI Black Print (Barcelone)
en utilisant 100% d'électricité renouvelable.
Dépôt légal : juin 2025.

FSC
www.fsc.org
MIXTE
Papier issu de sources responsables
FSC® C159065

Pour limiter l'empreinte environnementale de ses livres, HarperCollins France s'engage à n'utiliser que du papier fabriqué à partir de bois provenant de forêts gérées durablement et de manière responsable.

1

— Qui est-ce qui crée cet épouvantable vacarme ? s'indigna Dimitra en allant se planter à la fenêtre du bureau londonien de son petit-fils.

Poseidon – l'autre moitié de la puissante paire des jumeaux Teras – s'appuya contre le dossier de son fauteuil de cuir noir et regarda sa grand-mère avec un sourire amusé.

— Des manifestants, Yaya, dit-il. Rien de bien intéressant.

Des slogans montaient de la placette devant le siège social d'Hydra Shipping, la société de transport maritime qu'il dirigeait de main de maître, et dont il avait hérité de son père.

Cela faisait une semaine que le petit groupe se retrouvait là tous les jours, ce dont Poseidon commençait à se lasser. Pour une raison qui lui échappait totalement, les contestataires l'avaient pris pour cible, claironnant qu'il n'était qu'un affreux misogyne doublé d'un monstre, à l'origine de tous les maux de la terre. Écriteaux et discours l'accusaient de profiter des ressources de la planète, de maltraiter son personnel – en particulier les femmes –, et de bien d'autres choses encore.

Poseidon aurait pu sans difficulté apporter la preuve qu'il ne s'était jamais rendu coupable de pareilles horreurs. On pouvait éventuellement lui reprocher d'accumuler les conquêtes féminines, mais il traitait celles-ci avec le plus grand respect.

Quant à ce qui relevait de son entreprise... Eh bien, les candidats se battaient pour obtenir un poste au sein d'Hydra Shipping.

Dimitra continuait à observer les manifestants d'un œil peu amène.

— Mais contre quoi protestent-ils donc ? s'enquit-elle.

— Contre moi, Yaya ! Il semblerait que je sois le diable en personne.

D'un geste de la main, Poseidon signifia que cris et revendications se situaient au dernier rang de ses préoccupations. Bien loin des trois seuls éléments qui lui importaient dans la vie : son jumeau, Asterion, leur grand-mère, et Hydra Shipping.

Le regard perçant de Dimitra se reporta sur lui.

— Je n'ai pas renoncé à m'occuper de toi, tu sais, dit-elle.

Comment Poseidon aurait-il oublié la mise en demeure de sa chère grand-mère ? Tout comme cela avait été le cas pour son frère, il serait tenu d'épouser la femme qu'elle choisirait pour lui, sous peine de la voir léguer à un étranger ses parts de la fortune familiale. C'était ainsi qu'Asterion avait passé la bague au doigt de la sauvageonne que Dimitra lui avait désignée – arrachant celle-ci à un avenir de religieuse –, dont il était tombé éperdument amoureux.

Poseidon s'était toujours gardé de pareils sentiments, et il tenait à ce que cela demeure ainsi pour le restant de ses jours.

Certes, il donnerait satisfaction à Dimitra, la dotant des arrière-petits-enfants qu'elle réclamait. Cependant, il ne commettrait pas la même erreur que son frère : il était hors de question qu'il éprouve la moindre affection pour celle que sa grand-mère lui intimerait d'épouser.

— Je le sais pertinemment, répliqua-t-il. D'ailleurs, j'attends ton choix avec la plus grande curiosité.

Dimitra plissa les yeux.

— Pourquoi faut-il toujours que tu te montres aussi insensible ?

demanda-t-elle. Il serait temps que tu trouves quelqu'un qui te montrera l'importance d'aimer.

Comme s'il avait besoin qu'on lui apprenne ce qu'était l'amour ! s'indigna intérieurement Poseidon. N'était-ce pas un sentiment qu'il avait éprouvé, bien des années auparavant ? Et très profondément, encore !

Il avait aimé son père de tout son cœur, se souciant d'obtenir son approbation dans tout ce qu'il faisait. Tout comme il avait été très attaché à sa mère. Mais tous deux étaient morts, en même temps que son grand-père, dans l'accident de voiture qui les avait laissés orphelins à l'âge de douze ans, son frère et lui. Quinze années auparavant.

À la suite de cela, pour combler le vide que ce deuil avait laissé dans sa vie, Poseidon s'était trouvé un mentor en la personne d'un ami de son père. Un homme pour lequel il avait éprouvé un profond amour filial. Sauf que l'homme avait...

Non ! Il ne devait plus y penser !

Depuis, il s'interdisait d'éprouver quelque forme d'attachement que ce soit envers autrui, hormis sa grand-mère et son frère. Donner son cœur, c'était s'exposer à une dangereuse faiblesse – chose qu'il s'était bien promis de ne plus connaître.

— Et qui sera la malheureuse que tu me proposeras ? demanda-t-il.

Dimitra regarda à nouveau par la fenêtre, puis elle reporta son attention sur Poseidon avec un petit sourire qui ne laissa pas de l'inquiéter. Pointant un index déterminé vers le groupe de manifestants, elle déclara d'un ton sans appel :

— Eh bien, ce sera *elle !* Cette femme, là-bas !

Saisi d'une appréhension, Poseidon gagna la fenêtre.

En réalité, le groupe planté devant l'immeuble se résumait à quatre personnes. Aujourd'hui, la jeune activiste dirigeant la petite troupe s'était munie d'un mégaphone. Enchaînée à la statue, au centre de la placette, elle était... entièrement *nue !* Ou plutôt, elle n'avait rien d'autre sur le corps qu'une couche de peinture et une petite culotte. Sa crinière rousse tombait, en boucles folles, jusqu'à ses reins, et sa généreuse poitrine était ornée de la mention « *À bas, Poseidon Teras !* ».

— Tu veux parler de *cette* femme ? demanda Poseidon. Tu plaisantes, j'espère ?

L'expression de Dimitra montrait qu'elle était très contente d'elle-même, au contraire.

— Pas du tout, répliqua-t-elle. C'est bien elle. Et si tu parviens à la convaincre de t'épouser, alors je ne réclamerai même pas que tu me donnes des arrière-petits-enfants.

Dans le ton de sa grand-mère, Poseidon percevait le genre de défi auquel il lui était impossible de résister. Il avait l'esprit de compétition chevillé au corps, et il détestait perdre. Son père avait toujours prétendu que c'était dû au fait d'être né une minute après son jumeau.

— Si je comprends bien, dit-il, tu me juges incapable de lui passer la bague au doigt.

Ce n'était pas une question, et sa grand-mère le toisa.

— De toute évidence, elle voit en toi l'incarnation du mal, répliqua-t-elle. Ce qui en fait la candidate idéale. Si tu parviens à la conduire à l'autel, alors je pourrai considérer que tu es véritablement rentré dans le droit chemin.

La vieille dame s'était mis en tête que seul le mariage – que Poseidon considérait comme une pure farce – serait en mesure d'arracher son frère et lui à leur vie de play-boys et, conséquemment, à leur réputation de monstres. La presse people ne les avait-elle pas affublés de ce surnom ridicule d'Ogres des mers ?

À contrecœur, il jeta un nouveau coup d'œil à celle que Dimitra entendait lui faire prendre pour épouse. Badigeonnée d'une peinture associant le bleu au vert et à l'or, elle était censée représenter une sirène. Sur le bas de son corps, on avait dessiné des écailles vert et doré ; sur ses seins, des coquilles figuraient une sorte de soutien-gorge ; le reste de son épiderme était peint en bleu.

Ladite sirène porta, une nouvelle fois, le mégaphone à ses lèvres, et s'en servit pour vociférer un slogan dont Poseidon ne comprit pas la teneur. Il n'avait rien contre les femmes de caractère. Ce qu'il détestait, en revanche, c'était que l'on fasse preuve d'une virulence excessive. Or, c'était clairement le cas, s'agissant de la jeune femme. Toute sa personne semblait crier le mot « virulence ».

— Vraiment, Yaya, j'imaginais que tu me proposerais un défi d'une tout autre nature.

— Quoi que tu en penses, répliqua Dimitra, je suis persuadée que cette jeune femme saura ne pas tomber dans tes bras sans batailler, comme le font toutes tes conquêtes.

Sur la placette, les slogans continuaient à être scandés. La sirène avait tourné son mégaphone vers les fenêtres des bureaux de Poseidon. À croire qu'elle l'avait repéré derrière la baie vitrée, ce qui était des plus improbables vu qu'il était au dernier étage de l'immeuble.

Par contre, lui n'avait aucun mal à distinguer les courbes du corps ravissant, sous la couche de peinture, et il ne pouvait que s'émerveiller devant la spectaculaire crinière bouclée, d'un roux tirant sur l'or. Il était trop loin, cependant, pour discerner les traits du petit visage.

Il ne put s'empêcher d'être parcouru par un genre de frisson. Or il n'ignorait pas que c'était là le signe avant-coureur d'une indéniable attirance.

— On peut vraiment dire qu'elle ne te porte pas dans son cœur, observa Dimitra. Tant mieux ! Je ne déteste pas l'idée qu'elle te donne un peu de fil à retordre.

Après tout, ce ne serait pas une mauvaise chose, songea Poseidon. Il commençait à s'ennuyer un peu. Hydra Shipping engrangeait d'énormes bénéfices sans qu'il ait besoin de fournir trop d'efforts ; il prenait grand plaisir à l'émulation complice entre lui et son frère ; et il n'avait jamais la moindre difficulté pour mettre dans son lit des femmes ravissantes.

Au bout du compte, tant de facilité commençait à le lasser.

— Elle est surtout très… bruyante, dit-il.

— Passionnée, dirais-je plutôt, corrigea Dimitra.

Si « passionné » était le mot qui convenait pour décrire le tapage organisé sous ses fenêtres, alors Poseidon ne pouvait s'empêcher d'imaginer ce que donnerait pareille ardeur dans une chambre à coucher…

Rejetant sa magnifique chevelure par-dessus une épaule, la jeune femme abaissa son porte-voix et leva une main dans sa direction pour un salut fort peu civil, l'index dressé.

Sentant le frisson qui l'avait parcouru un instant plus tôt se transformer en pulsations révélatrices, Poseidon sourit.

Andromeda Lane – plus communément désignée sous le diminutif d'Andie – laissa retomber sa main. Elle était quasi certaine d'avoir été observée depuis les plus hautes fenêtres du siège social d'Hydra Shipping.

Était-ce par l'abominable Poseidon Teras ? Dans ce cas, elle espérait qu'il avait apprécié son geste.

Poseidon et son alter ego Asterion – tout aussi plein aux as que son jumeau – faisaient régulièrement la une des journaux à scandale, mais c'était le comportement récent du patron d'Hydra Shipping qui avait décidé Andie à s'occuper de lui.

Quinze jours auparavant, il avait été photographié dans une boîte de nuit, en compagnie de deux très jeunes filles, clairement ivres et pendues à ses basques. Ce spectacle évoquait tellement ce qui était arrivé à Chrissy, sa sœur aînée, qu'Andie avait senti un flot de bile lui monter à la gorge.

La presse avait surnommé Poseidon Teras « l'Ogre des mers »

– une appellation qu'il partageait avec son frère –, en premier lieu parce qu'il était à la tête d'une florissante compagnie de transport maritime, mais surtout parce qu'il était réputé pour se mettre sous la dent toutes les jeunes femmes passant à sa portée. Cela aurait dû le rendre odieux, au lieu de quoi il était *adoré* de tous. On ne voyait en lui qu'un charmant libertin. Seule Andie semblait avoir conscience qu'il méritait d'être châtié pour ses fautes.

Un an plus tôt, elle avait créé une fondation destinée à aider les femmes souffrant de dépendance à la drogue ou l'alcool. Elle avait appelé son œuvre La Maison de Chrissy, en mémoire de sa sœur, morte cinq années auparavant. Plusieurs centaines de femmes avaient déjà profité des services qu'offrait la structure. Mais cela coûtait cher. Aussi, pour ramasser l'argent nécessaire, Andromeda passait-elle le plus clair de son temps à chercher de riches sponsors.

Lorsque ses yeux étaient tombés sur la photo de Poseidon Teras entouré des deux ingénues, elle avait décidé de se servir de lui et de sa sulfureuse réputation pour attirer l'attention sur La Maison de Chrissy.

Ayant rassemblé une petite troupe d'amis fidèles, Andie les avait entraînés devant l'immeuble abritant les bureaux d'Hydra Shipping pour une manifestation. Cela faisait une semaine qu'ils scandaient des slogans sur la petite place, et l'absence d'attention de la part des médias commençait à devenir exaspérante.

Il était évident qu'une action plus tapageuse s'imposait. Aussi Andie avait-elle demandé à ses camarades de la transformer en sirène – peignant son corps aux couleurs d'une créature des mers, afin d'évoquer le domaine d'activité d'Hydra Shipping. Elle était bien décidée à ne pas demeurer muette pour autant. Son Ariel – la petite sirène du célèbre dessin animé – saurait se servir de sa voix.

À plusieurs reprises, au cours de la semaine, les agents de sécurité de l'entreprise les avaient obligés à se disperser. Cependant, ils n'avaient jamais fait preuve de la brutalité qui aurait permis de diffuser les images de l'incident sur les réseaux sociaux – ce qu'Andie regrettait fort.

Certes, elle n'avait aucun goût pour la violence. Néanmoins, cela aurait servi sa cause si les cerbères protégeant l'affreux Poseidon avaient fait usage d'un minimum de… fermeté, voire de grossièreté.

Au bout du compte, la seule solution pour attirer l'attention avait été qu'Andie s'enchaîne quasiment nue, grimée en sirène, à la statue ornant le centre de la place.

Pour l'instant, le maigre public ne semblait pas particulièrement intéressé par la teneur de ses propos, ce qui la mettait en rage. De toute évidence, les spectateurs n'avaient pas conscience que les semblables de Poseidon étaient de terribles prédateurs pour les êtres les plus vulnérables, les plus faibles. N'était-ce pas ce qui était arrivé à sa sœur ?

— Hé, Andie ! lança Tom qui distribuait des prospectus. Regarde ! On dirait qu'il se passe quelque chose.

Effectivement, les agents de sécurité s'étaient rassemblés devant la porte d'Hydra Shipping, laquelle s'ouvrit pour laisser le passage à un homme s'avançant d'un pas décidé.

Très grand, doté d'un visage d'ange, de courts cheveux d'un noir de jais, et d'une carrure digne d'un gladiateur, il se déplaçait avec autant d'arrogance que si le sol qu'il foulait lui appartenait. Connu dans le monde entier pour sa dureté en affaires et son inébranlable confiance en lui, Poseidon Teras était l'archétype des milliardaires qu'Andie haïssait.

Elle le regarda approcher en sentant la colère bouillonner dans ses veines. C'était sur un yacht lui appartenant, au cours d'une réception, que Chrissy avait trouvé la mort, ce dont Andie le tenait pour personnellement responsable.

Si elle n'avait pas autant détesté toute forme de violence, elle aurait balancé un poing rageur au beau milieu de ce séduisant visage. Au lieu de quoi, elle préféra se remettre à invectiver le sinistre individu. Quand bien même l'homme aurait pu s'en offusquer, il ne laissa rien paraître, se contentant de se planter au pied de la statue à laquelle Andie était enchaînée et levant vers elle un regard à demi ironique, tandis qu'elle continuait à s'époumoner.

Ce fut à la faveur d'une pause lui permettant de reprendre son souffle qu'il demanda d'une voix de velours :

— Vous avez bientôt fini ?

— *Non !*

Que Poseidon Teras se soit décidé à quitter sa tour d'ivoire donnait à Andie une occasion de déverser les cinq années de fureur engrangées en elle – ce qu'elle ne saurait manquer.

Oublierais-tu que tu es toute nue, et qu'il a une réputation de tombeur ?

Peu lui importait qu'un simple string et une fine couche de peinture soient les seuls artifices la protégeant d'une totale nudité, si son corps permettait d'attirer les regards sur la cause qu'elle défendait !

Sauf qu'être pratiquement nue devant Poseidon Teras faisait monter en elle une onde de chaleur tout à fait inopportune qui ajoutait à sa mauvaise humeur.

— Alors, continuez, je vous en prie, déclara Poseidon en fourrant les mains dans ses poches. Je suis tout ouïe !

Andie remarqua que les prunelles levées vers elle étaient d'un bleu étonnant – une sorte d'indigo auquel se mêlaient des nuances d'un vert irisé. Exactement comme les eaux de la Méditerranée !

À son grand désespoir, elle se rendit compte qu'elle retenait sa respiration et, surtout, qu'elle avait rougi. Pareille trahison de sa féminité la mit hors d'elle. Empoignant à nouveau son mégaphone, elle se prépara à recommencer à apostropher Poseidon. Il l'interrompit avant qu'elle attaque, sortant une main de sa poche et la levant vers elle.

— Un instant, fit-il d'une voix toujours aussi imperturbable. Ne croyez-vous pas que vous seriez plus à l'aise pour exposer vos revendications dans mon bureau ? On annonce la pluie, et votre maquillage risque d'être gâché.

Andie demeura interdite. Elle ne s'était pas attendue à ce que Poseidon Teras l'invite à le suivre.

De nouveau, une pulsation brûlante vint la titiller. La nature en était tout aussi repérable qu'exaspérante. Que lui importait-il d'être sous le regard de cet homme ? N'était-ce pas son objectif ? Attirer l'attention, tel était l'enjeu.

La statue à laquelle Andie s'était enchaînée était juchée sur un socle qui lui offrait une position dominante. Une situation dont elle tirait parti sans vergogne, abaissant sur Poseidon un regard dans lequel elle mettait tout le dédain possible.

— Et pourquoi aurais-je envie de vous accompagner ? demanda-t-elle.

— Parce que vous semblez avoir encore des choses à me dire, répondit Poseidon avec l'air d'énoncer une évidence. Ma secrétaire nous apportera du thé, et nous nous entretiendrons sur un mode plus civilisé qu'à travers un mégaphone.

Andie se préparait à riposter qu'elle se débrouillait très bien comme ça, mais Poseidon ne lui en laissa pas le temps. D'un geste de la main, il convoqua son équipe de cerbères autour de la statue. L'un d'entre eux, muni d'une puissante cisaille, coupa la chaîne retenant Andie, tandis qu'un autre subtilisait habilement son mégaphone. D'autres entraînaient déjà à l'écart le reste de son petit groupe.

— Je n'ai aucune intention de vous suivre dans votre bureau. Et *vous*, ne me touchez pas ! protesta-t-elle en s'écartant du vigile qui s'apprêtait à la faire descendre du socle.

L'homme leva les mains en signe de reddition.

— Pas de problème, répliqua Poseidon. Mais je suis certain qu'une tasse de thé vous ferait le plus grand bien. Et vos amis ne refuseront certainement pas d'aller déjeuner à mes frais là où mes gardes vont les conduire.

Sur un claquement de doigts, il intima à l'un de ses hommes de prendre sa veste, qu'il avait ôtée et lui tendait. Ce dernier n'eut pas besoin d'explication supplémentaire pour la poser sur les épaules d'Andie. Sous le choc, elle le laissa faire. Le vêtement avait gardé la chaleur du corps de Poseidon, et l'étoffe de laine sombre dégageait un parfum légèrement épicé – quelque chose évoquant l'ambre ou le cèdre. C'était délicieux, et Andie enragea d'apprécier ces effluves. Il était hors de question qu'elle trouve quoi que ce soit d'agréable en la personne de Poseidon Teras. Pas même son odeur !

Elle en était à essayer de se débarrasser du vêtement lorsqu'elle fut entraînée, fermement mais poliment, jusque dans le silence cossu du siège social d'Hydra Shipping.

Un instant, Andie se demanda s'il ne serait pas opportun de provoquer un scandale dans le hall du bâtiment. Après tout, ce serait une façon comme une autre d'attirer l'attention…

Sauf que Poseidon Teras avait exprimé le désir de s'entretenir avec elle dans le calme de son bureau personnel. Peut-être pourrait-elle mettre ce moment à profit pour lui parler de Chrissy et réclamer justice pour sa mort ? Ou exiger une compensation financière au bénéfice de son association ? Si Andie ne trouvait pas des sponsors sans tarder, La Maison de Chrissy n'aurait plus qu'à mettre la clé sous la porte.

Aussi s'efforça-t-elle de contenir sa colère pour emboîter le pas aux gardes de Poseidon jusqu'au dernier étage du bâtiment. Ils l'escortèrent le long d'un couloir à l'épaisse moquette, jusqu'à un immense bureau des plus luxueux – manifestement celui de leur patron.

Tout un mur était occupé par une baie vitrée donnant sur la place, et il émanait du mobilier de bois clair – vaste table de travail et élégants rayonnages chargés de livres – une impression de confort opulent. À une extrémité de la pièce, un imposant canapé de cuir blanc faisait face à plusieurs fauteuils d'aspect identique. Promenant un regard dédaigneux sur l'ensemble, Andie jugea que tout cela empestait l'argent, bien qu'étant du meilleur goût.

Tout ce qu'elle savait des jumeaux Teras était ce dont la presse ne cessait de se faire l'écho – apparemment, ils étaient les coqueluches des journalistes. Asterion, propriétaire du groupe Minotaure, avait récemment convolé en justes noces, ce qui avait coupé court à ses prouesses de bourreau des cœurs. Pour sa part, Poseidon continuait à se faire remarquer sur ce terrain. Ce qui donnait à Andie toute latitude pour exprimer les raisons qui avaient motivé sa démonstration d'hostilité à la porte d'Hydra Shipping.

Il voulait un échange civilisé sur la question ? Il allait être servi ! Qui sait s'il n'en concevrait pas suffisamment de honte pour que cela le décide à faire un don substantiel à La Maison de Chrissy, voire à conclure un partenariat avec l'association.

Comme Poseidon n'avait pas pris l'ascenseur en même temps qu'elle, Andie commençait à se demander si sa promesse de conversation n'était rien d'autre que du vent, lorsqu'il entra, refermant la porte et lui indiquant le canapé.

Vu leur différence de taille, elle aurait grandement préféré rester debout. Mais la perspective de souiller le cuir immaculé avec la peinture était trop irrésistible pour qu'elle s'en dispense. Aussi Andie traversa-t-elle la pièce pour aller s'installer sur le très confortable siège. Sans pour autant ôter la veste de sur ses épaules – en effacer les marques de peinture ne serait pas non plus une mince affaire.

Si elle avait redouté que Poseidon s'installe trop près d'elle, ou qu'il la domine de toute sa taille pour mieux l'intimider, il n'en fit rien. Au lieu de cela, il tira un fauteuil du même cuir blanc en face d'elle et s'y assit, tout de nonchalance prédatrice, son beau regard d'azur fixé sur elle.

Poseidon était vêtu avec un raffinement irréprochable. Son pantalon de costume était manifestement coupé sur mesure, épousant comme un gant la musculature de ses cuisses d'athlète. Il portait une stricte chemise noire, agrémentée d'une cravate en soie de la même nuance que ses prunelles. Une lourde montre de platine encerclait son large poignet.

Son extraordinaire beauté et son incroyable charisme frappèrent instantanément Andie. En chair et en os, cela n'avait rien à voir avec les photos sur papier glacé qu'elle avait vues. Cependant, elle ne put manquer de se reprocher la fascination qu'il lui inspirait.

Le regard d'un bleu céruléen ne quittait pas son visage, comme s'il importait peu à Poseidon Teras qu'elle n'ait rien d'autre sur elle qu'un mini-slip, une veste de costume, et un peu de peinture multicolore.

— Eh bien, lança-t-il de sa chaude voix grave, puis-je savoir comment vous vous appelez ?

Ce n'était pas la question à laquelle Andie s'attendait. À vrai dire, elle avait imaginé que celui en qui elle ne voyait qu'un sinistre individu allait protester contre le tapage devant ses bureaux, tout en lorgnant sa quasi-nudité. Peut-être même, avait-elle pensé, appellerait-il la police, ou la menacerait-il d'une manière ou d'une autre ? En tout cas, rien d'aussi « civilisé » que cette banale interrogation.

Nouant les mains sur ses genoux, elle pointa vers lui un menton décidé.

— Devinez, fit-elle.

Lorsque Poseidon lui sourit pour toute réponse, Andie eut l'impression que la terre s'arrêtait de tourner. Il avait une bouche aussi superbe que tout le reste de sa physionomie, et le voir sourire était un enchantement.

N'oublie pas Chrissy. N'oublie pas ce qui lui est arrivé.

Comme si Andie pouvait oublier !

Sa sœur et elle avaient été élevées par une mère célibataire cumulant deux emplois pour maintenir la famille à flot. Trop occupée, elle ne s'était pas rendu compte que, à dix-sept ans, sa fille aînée mourait d'ennui dans cette médiocrité et rêvait de s'en sortir par ses propres moyens. Andie, quant à elle, était trop obsédée par sa réussite scolaire – qui exigeait tant d'efforts de sa part – pour comprendre ce que ressentait sa grande sœur. Jusqu'à ce que celle-ci se mette à fréquenter des boîtes de nuit où elle avait rencontré un certain Simon, lequel l'avait introduite dans des cercles peu fréquentables. Là, Andie avait commencé à s'inquiéter. Et bien davantage encore, lorsque la ravissante Chrissy, sur les conseils dudit Simon, était devenue escort-girl pour financer le mode de vie de plus en plus dispendieux auquel elle avait pris goût.

— Pourquoi le ferais-je ? s'était rebellée Chrissy lorsqu'Andie l'avait implorée de changer de vie. Je gagne beaucoup d'argent tout en m'amusant. Vraiment, Andie, est-ce que tu as l'intention de rester éternellement serveuse de bar ?

Sa sublime et si parfaite sœur, en dépit de toute son intelligence, s'était laissé emporter dans l'univers des riches et célèbres. Aspirée par le tourbillon de ce miroir aux alouettes, Chrissy avait fini par succomber à une overdose, lors d'une réception donnée sur un yacht appartenant à… *Poseidon Teras.*

Simon avait disparu du paysage depuis fort longtemps, mais Poseidon n'échapperait pas à la vindicte d'Andie. Et la *dernière* chose qu'elle ferait serait de tomber elle-même sous le charme de cet homme. Aussi décida-t-elle d'ignorer son magnifique sourire, et la façon dont il faisait battre son cœur, et le regarda-t-elle plutôt comme s'il n'était qu'une tache de boue sur l'épaisse moquette.

Malheureusement, cela ne semblait l'affecter en rien.

— Je vois bien que vous ne m'appréciez pas, dit-il d'un air indulgent. Mais si vous vous obstinez à refuser de décliner votre identité, je n'aurai d'autre solution que de vous baptiser du surnom de « petite sirène ». Vous n'êtes, en effet, pas très grande. Et c'est votre déguisement, non ?

Il y avait dans sa voix une sorte de rugosité mêlée de douceur – pimentée d'un léger accent, et d'une intonation amusée – qui s'insinua sous l'épiderme d'Andie. Elle fut parcourue de picotements intempestifs.

— Avec tous vos privilèges, répliqua-t-elle, vous êtes le plus arrogant des sales bâtards misogynes qu'il m'ait été donné de rencontrer !

C'était à croire qu'elle venait de proférer quelque plaisanterie, car Andie vit s'élargir le sourire de Poseidon.

— Ce que vous venez de dire comporte deux inexactitudes et deux vérités, releva-t-il. Il est indubitable que je jouis de certains privilèges. Également que l'on peut m'accuser d'arrogance. Cependant, je peux vous assurer que mes parents étaient dûment mariés. Par ailleurs, je n'ai jamais détesté les femmes. Je défends même ardemment la cause féministe.

Non mais, il était en train de se moquer d'elle ! s'indigna Andie *in petto*.

— Je m'étonne que vous trouviez si drôle d'abuser de jeunes femmes, lança-t-elle sèchement.

Les beaux yeux bleus se plissèrent.

— Je ne crois pas avoir jamais *abusé* de qui que ce soit, petite sirène, encore moins d'une femme.

— Ah bon ? Alors comment expliquez-vous ces photos récentes, à la sortie d'une boîte de nuit ?

— De quoi parlez-vous ?

Faisait-il semblant d'avoir oublié ?

— Celles où l'on vous voit encadré par deux très jeunes filles, clairement sous l'emprise de l'alcool.

L'expression de Poseidon s'éclaircit.

— Oh ! ça lâcha-t-il. Elles avaient effectivement beaucoup bu, et le barman refusait de continuer à les servir car elles étaient mineures. J'étais resté avec elles en attendant leur taxi.

L'aisance avec laquelle Poseidon avait fourni cette explication donna envie à Andie de le croire. Contre son gré !

— Ce n'est pas ce que les journaux ont raconté, siffla-t-elle entre ses dents serrées.

— Certes, acquiesça Poseidon. Simplement parce que cette vérité n'aurait pas fait vendre un exemplaire de ces torchons.

S'interrompant, il la fusilla du regard avant d'ajouter :

— Pourquoi ? Imaginiez-vous que je donne dans le détournement de mineures ?

Bien qu'elle soit consciente d'être écarlate, Andie se refusa à détourner les yeux.

— Ce n'est pas le cas ? demanda-t-elle.

Un instant, Poseidon demeura silencieux, la jaugeant d'un regard scrutateur.

— Vous m'en voulez énormément, finit-il par dire. Je suppose que ce n'est pas simplement à cause de ces quelques clichés. Que vous ai-je fait ?

Fidèle à son habitude d'honnêteté, Andie lâcha tout à trac :

— Vous êtes responsable de la mort de ma sœur. Et ce que je veux savoir, c'est ce que vous comptez faire à ce sujet.

2

Assis en face de la délicieuse petite sirène, Poseidon songea qu'il ne serait pas aussi facile qu'il l'avait imaginé de la convaincre de devenir son épouse.

Lorsqu'il l'avait découverte, juchée sur le socle de la statue, dardant sur lui un regard plein de mépris et l'apostrophant par tous les noms d'oiseaux de la création, il avait été ébranlé.

En premier lieu parce qu'il n'avait jamais été traité de la sorte. Mais surtout parce que la jeune femme était sublime. Il n'y avait pas d'autre qualificatif possible à son sujet. Elle affichait fièrement sa nudité, offrant à la curiosité générale les fermes rondeurs d'une poitrine en travers de laquelle il avait lu son propre nom. Et elle le fusillait d'un regard acéré, avec ses prunelles à la plus magnifique des nuances de vert – quelque chose évoquant un reflet de soleil dans l'eau claire d'un torrent.

Il n'avait pu ignorer la passion qui émanait d'elle. Cette fougue qui avait fait naître en lui un frisson se transformant en une onde de chaleur tellement intense qu'il en était resté interdit.

Poseidon n'appréciait pas ! Toute émotion susceptible de le saisir à la gorge lui était suspecte. Y compris le désir physique.

Le sexe était un plaisir auquel il s'adonnait volontiers, avec des femmes qui le désiraient autant qu'il les désirait. Sauf qu'il était manifeste que les choses ne seraient pas aussi faciles avec celle-ci – certitude renforcée par la violence de l'attraction physique qu'elle lui avait immédiatement inspirée.

Il était hors de question qu'il éprouve un désir de nature à lui faire perdre ses moyens. Poseidon avait toujours jugé que le désir pouvait être régenté. Aussi avait-il coutume de le contrôler sans pitié.

De plus, cette femme ne serait pas le moins du monde impressionnée par une demande en mariage venant de lui. Poseidon en avait eu conscience de prime abord.

Dimitra leur avait intimé, à lui et son frère, de courtiser, puis épouser, les femmes qu'elle avait choisies pour eux, afin de briser leurs réputations d'abominables bourreaux des cœurs. Asterion avait dissipé cette opinion générale depuis que sa chère Brita lui avait passé la corde au cou.

Pour sa part, Poseidon n'avait aucune intention de se laisser dompter, ni de renoncer à un mode de vie qui lui convenait parfaitement. Prendre femme – si sa grand-mère y tenait tellement – ne signifierait en aucune façon modifier son comportement.

Pas même pour la ravissante « petite sirène » assise en face de lui, resserrant autour d'elle la veste qu'il lui avait prêtée – en partie pour préserver sa pudeur, et en partie parce qu'il avait besoin que ces courbes sensuelles disparaissent à ses yeux.

Sur le buste opulent, l'inscription « *À bas, Poseidon Teras !* » le narguait. Des éclairs furibonds étincelaient dans les prunelles vertes. Un menton belliqueux était pointé vers lui. Et tout, jusqu'à la manière dont son adversaire s'adressait à lui, le fascinait – cette intransigeance brutale, accompagnée d'un regard de mépris absolu.

Bref, il n'y avait rien en elle qui ne le captivait pas, au point qu'il en perdait sa capacité de concentration.

Les femmes que Poseidon avait coutume de mettre dans son lit étaient aussi blasées qu'il l'était lui-même. Toutes aussi cyniques et désabusées que lui. Elles n'attendaient rien d'autre de lui que du plaisir. Ce qu'il ne manquait pas de leur donner. Et peu lui importait qu'elles apprécient la personne qu'il était.

La petite sirène, en revanche, ne faisait pas mystère de la rancœur qu'elle éprouvait à son égard. Une rancœur dont il connaissait désormais la raison.

Or, si Poseidon acceptait sans difficulté d'être catalogué dans la catégorie des play-boys patentés, il refusait absolument de se voir attribuer une responsabilité dans la mort de qui que ce soit. D'autant que c'était parfaitement immérité !

Fronçant les sourcils, il demanda :

— Comment serais-je responsable de la mort de votre sœur ? Expliquez-moi cela.

— Vous êtes bien le propriétaire d'un yacht baptisé *Thetis*, sur lequel il vous arrive de donner des réceptions, non ?

— Certes. Mais encore ?

— Il y a cinq ans, une femme est morte d'overdose au cours d'une fête sur le *Thetis*.

Les yeux verts brillaient d'une fureur difficilement contenue, ainsi que d'autres émotions – plus profondes, plus douloureuses – que Poseidon avait du mal à déchiffrer.

— Cette femme était ma sœur, reprit la voix cristalline.

Ce fut comme si Poseidon recevait un coup de poing au plexus. Il se rappelait, maintenant, cet épisode funeste, survenu alors qu'il avait prêté ce yacht – l'un des nombreux dont il était propriétaire – à une connaissance. Laquelle avait effectivement organisé une soirée à laquelle il n'avait même pas participé. C'était à son retour à Londres, après un voyage d'affaires, qu'il avait appris le décès de l'infortunée invitée. Une enquête avait été diligentée, débouchant sur la condamnation de l'organisateur de la fête. Pour sa part, Poseidon avait pris soin de faire envoyer à la famille de la malheureuse une somme suffisante pour couvrir les frais d'obsèques. À partir de ce jour, il n'avait plus jamais prêté aucun de ses bateaux. Et il avait tout oublié de l'événement.

Maintenant, il comprenait pourquoi la jeune femme qui le défiait d'un regard déterminé, se redressant de toute sa taille sur le canapé en face de lui, lui vouait une telle haine – un sentiment clairement justifié.

Ne sachant que trop bien ce que c'était de perdre un être cher, Poseidon s'exprima avec la plus totale sincérité :

— Je suis vraiment désolé. Et j'espère que vous avez reçu l'argent que j'avais envoyé pour participer aux obsèques.

Le petit menton se pointa encore plus résolument vers lui, et les étincelles lancées par les prunelles vertes se transformèrent en un véritable brasier.

— L'argent ! cracha son interlocutrice avec mépris. Vous ne pensez qu'à ça. Comme si cela pouvait compenser la perte de Chrissy.

Cette fois, c'était une autre émotion qui emplissait le beau regard : le chagrin. Une souffrance que Poseidon connaissait bien. Ne l'avait-il pas ressentie à la mort de ses parents ? Il n'avait pas oublié quel vide incommensurable cela creusait en vous. Ni la façon dont le désespoir pouvait faire de vous une proie facile pour les prédateurs de toutes sortes.

La petite sirène n'aurait rien à redouter de lui à cet égard. Ayant lui-même fait l'expérience de voir la douleur du deuil utilisée contre lui, Poseidon ne souhaitait cela à personne.

— Je vous le répète, dit-il d'une voix douce, je suis profondément navré de la mort de votre sœur, mais je n'étais pas présent sur le bateau ce soir-là. Et ce n'est pas moi qui avais organisé cette réception.

Cela ne sembla nullement amadouer la jeune femme. Elle gardait la même expression obstinément courroucée.

— Que vous ayez été présent ou non ne change rien au fait

qu'en tant que propriétaire du bateau, vous portez une lourde responsabilité, répliqua-t-elle.

Il était clair qu'elle avait besoin de trouver un bouc émissaire à son malheur, ce qui était compréhensible. Tout ce dont Poseidon se souvenait, c'était que l'organisateur de la fête avait écopé d'une peine de prison. Mais il était d'accord : rien ne suffirait à compenser la perte d'une sœur aimée !

Avec un regard entendu, il demanda :

— Qu'attendez-vous de moi ?

Mâchoire serrée, la ravissante contestataire répondit sans la moindre hésitation :

— Que vous souteniez financièrement l'association que j'ai créée pour aider les femmes atteintes d'addiction, et qui porte le nom de ma sœur.

S'étant attendu à une demande de dédommagement personnel – cas le plus fréquent en pareille situation –, Poseidon fut passablement déstabilisé de s'entendre réclamer le parrainage d'une œuvre caritative.

— Vous n'avez pas *personnellement* besoin d'argent ? s'enquit-il pour avoir confirmation.

— Ce n'est pas *moi* qui ai besoin d'un financement, mais La Maison de Chrissy ! Ma fondation.

Cette repartie avait été assortie d'un regard aussi outré que s'il s'était rendu coupable de proférer des insultes.

Bien qu'encore sous le choc, Poseidon ne pouvait que reconnaître le bien-fondé de cette requête. Et puis, l'homme d'affaires reprenait un peu le dessus en lui. N'était-il pas face à une indéniable aubaine ? Celle qui permettrait de satisfaire les attentes de l'un comme de l'autre.

Pourtant, ne rechignais-tu pas à utiliser son chagrin et sa colère contre cette malheureuse ?

Ce qu'il ne ferait nullement ! s'indigna intérieurement

Poseidon. Après tout, il allait simplement lui soumettre… une transaction commerciale.

Un échange, donnant-donnant : il avait besoin qu'elle accepte de l'épouser, et elle avait besoin d'argent pour sa fondation. Tout ce qu'il attendait de la fascinante petite sirène, c'était sa présence au pied de l'autel, quelques démonstrations de sa bonne volonté pour donner le change à Dimitra, et sa signature sur un acte de mariage. En échange, il s'engagerait à parrainer sa fondation.

Pour l'instant, sa supposée future épouse était raide comme la justice sur le canapé blanc, et elle ne faisait pas le moindre effort pour dissimuler son corps, affichant sans détour ce qu'elle pensait de lui en travers de sa poitrine. Le regard qu'elle plantait dans celui de Poseidon exprimait une honnêteté tellement inflexible qu'elle en était presque cuisante.

Il sentit se rallumer en lui la petite flamme du désir. Sous la couche de peinture, il devinait l'épiderme laiteux caractéristique d'un teint de rousse. Si seulement il avait eu sous la main un chiffon humide avec lequel la débarrasser de tout ce barbouillage…

Mais non ! Il était hors de question qu'il cède à ce feu qui couvait en lui. Pas avec cette femme. Et encore moins maintenant qu'il savait ce qui était arrivé à sa sœur.

En règle générale, Poseidon se moquait comme d'une guigne des sentiments de ses semblables. Cela faisait longtemps qu'il avait compris qu'y accorder trop d'importance signifiait s'engager sur une pente glissante. Car alors, on risquait de s'exposer à être manipulé, utilisé à son corps défendant.

Tout ce qui relevait du domaine des émotions vous rendait vulnérable, fragile.

Il lui aurait été facile de flirter avec la petite sirène ; d'utiliser son charme et sa séduction pour l'amener à lui donner ce qu'il attendait d'elle. Mais ce serait mal se conduire, car elle n'avait pas surmonté son deuil – un deuil dont elle le rendait responsable.

Cela n'interdisait nullement à Poseidon d'utiliser à son avantage le besoin d'argent dont la jeune femme ne faisait pas mystère.

— Alors ? le relança-t-elle en voyant qu'il ne disait rien.

Ainsi, elle ne manquait ni de caractère ni d'impétuosité. Poseidon nota que, bien qu'ayant posé sagement ses mains croisées sur ses genoux, elle tapotait nerveusement d'un doigt le dos de son autre main. Quant à l'immobilité de tout le reste de son corps, il était clair qu'elle était forcée. Comme si elle se contenait, concentrant tout le bouillonnement de sa passion dans l'éclat de ses yeux verts.

Allons, reprends-toi et cesse de la dévisager !

Agacé par son propre comportement, il s'inclina en avant, appuyant les coudes sur ses genoux entre lesquels il noua les doigts.

— Alors, fit-il, je suis disposé à parrainer votre fondation, mais à une condition.

Quand bien même ils étaient assis l'un en face de l'autre, il dominait assez nettement la jeune femme. Pourtant, elle réussit l'exploit de le toiser de toute sa hauteur.

— J'aurais dû m'en douter, répliqua-t-elle. Il serait étonnant que vous acceptiez de faire un don à une noble cause sans contrepartie !

— Oublieriez-vous que je suis un homme d'affaires, petite sirène ? Effectivement, j'attends quelque chose de vous, en échange de mon soutien matériel pour votre association.

Poseidon ne put ignorer la façon dont son interlocutrice se raidit. Manifestement, elle s'attendait à ce qu'il exprime une exigence sordide. De nature sexuelle, bien sûr, au vu de l'opinion qu'elle s'était formée sur lui.

— Évidemment, soupira-t-elle. Les hommes dans votre genre ne font jamais rien gratuitement, n'est-ce pas ?

— Je ne sais pas ce qu'il en est des autres individus « dans mon genre », comme vous le dites. Pour ma part, les circonstances me poussent à espérer une compensation pour ma générosité.

— J'imagine que cette condition consiste à me mettre dans votre lit...

Cette dernière remarque avait été proférée sur un ton mêlant la provocation au plus parfait mépris. Après une fraction de seconde, elle ajouta :

— Si tel est le cas, n'y pensez même pas. Et si vous osez me toucher, j'appelle la police.

En dépit de sa fragilité physique, et du fait qu'elle était nue comme un ver, cette femme avait suffisamment d'aplomb pour tenir tête à l'un des hommes les plus puissants de la planète, songea Poseidon. Soit elle était dotée d'un incroyable courage, soit elle était dépourvue de tout sens commun.

— Et avec quoi appelleriez-vous la police ? demanda-t-il, amusé. Je ne crois pas que vous soyez munie d'un téléphone, à moins que vous ne le dissimuliez avec une grande habileté.

Comme s'il venait de proférer quelque énormité, la petite sirène leva les yeux au ciel.

— Il y a un téléphone sur votre bureau, fit-elle observer.

— C'est vrai, mais il vous faudrait passer devant moi pour y accéder.

— J'ai pris des cours d'autodéfense. Vous risqueriez de vous retrouver avec le nez cassé.

L'affirmation s'était accompagnée d'une mimique farouche qui faillit arracher un sourire à Poseidon.

— Je n'en doute pas, murmura-t-il. Cependant, soyez rassurée : vous n'avez rien à craindre de moi. Je sais me tenir à distance des femmes qui ne souhaitent pas qu'on les touche.

Les yeux verts l'observaient avec une indéniable méfiance. Poseidon se contenta de lui retourner un regard placide.

— Peut-être feriez-vous mieux de demander quelle est cette condition, au lieu de tirer des plans sur la comète ? finit-il par suggérer.

— Certes ! Et peut-être feriez-vous mieux de me dire de quoi il en retourne, au lieu de vous livrer à des jeux stupides.

Oh ! elle est vraiment délicieuse !

Une onde de chaleur parcourut à nouveau Poseidon, plus intense encore que précédemment. C'était une sensation qu'il n'avait pas éprouvée depuis des années. Une sorte d'excitation fébrile. Mais non ! Il ne pouvait s'autoriser pareilles émotions. Ce qu'il allait proposer n'était qu'une transaction.

— Très bien, lâcha-t-il. Je suis prêt à m'engager à soutenir votre fondation sans limite de temps, à la condition que vous deveniez mon épouse.

Andie demeura interdite. Les mots que venait de proférer Poseidon Teras n'avaient pas le moindre sens.

— Vous voulez qu'on se *marie* ? reprit-elle. Mais pourquoi cela ?

En face d'elle, son ennemi juré était assis au bord de son fauteuil, penché en avant, les mains nouées entre les jambes. Sur le beau visage s'affichait une expression presque gênée. Mais peut-être se trompait-elle ? Un homme tel que lui ne devait jamais éprouver de gêne, dans quelque situation que ce soit. Comme lorsqu'il se défendait d'avoir la moindre responsabilité dans le décès de Chrissy.

Oh ! certes, il avait effectivement envoyé de l'argent ainsi qu'un mot de condoléances. Mais quoi que Poseidon Teras puisse dire, Chrissy était bel et bien morte sur *son* bateau. S'il ne l'avait pas prêté, elle ne serait jamais allée à cette soirée.

Il n'était guère étonnant qu'il exige une contrepartie à un

possible financement. Les hommes tels que lui ne faisaient jamais rien par bonté d'âme. En avait-il seulement une, d'âme ? Ainsi qu'il l'avait martelé, il était avant tout un homme d'affaires.

Ce n'était pas le premier qu'Andie rencontrait. Simon appartenait également à cette engeance, de même que tout son cercle d'amis. Combien de fois n'avait-elle pas entendu Chrissy parler de leur arrogance, de leur goût de l'argent et des privilèges ? Elle les trouvait captivants, pourtant. Certainement davantage que les garçons qui traînaient dans la cité où elles avaient grandi.

Après le drame, Andie avait commencé à comprendre que ces individus n'étaient rien d'autre que des prédateurs, assoiffés de chair fraîche. Poseidon Teras était l'un d'entre eux, et elle ne devait pas oublier de rester sur ses gardes.

Après un interminable silence, il exhala un long soupir.

— C'est à cause de ma grand-mère, dit-il. Cet adorable dragon a décidé que mon frère et moi-même devions nous soumettre à sa volonté en épousant la femme qu'elle choisirait pour nous. Malheureusement pour vous, votre petit numéro sur la place a attiré favorablement son attention. Elle en a conclu que vous étiez celle qu'il me fallait.

En dépit de ses résolutions de demeurer impassible, Andie fut suffisamment ébranlée par cette annonce pour ne parvenir à rien d'autre qu'à lâcher dans un couinement :

— *Moi ?* Mais pourquoi moi ?

— Apparemment, elle a été fort impressionnée par la manière dont vous vous appliquiez à m'invectiver. Il était clair que vous me haïssez et cela l'a décidée. Ma grand-mère ne déteste pas se livrer à ce genre de petit jeu…

Andie lutta pour dissimuler à quel point elle était déstabilisée. La colère lui était familière. Cependant, il n'en était pas de même de ce genre d'émotion violente. Cela vous rendait terriblement vulnérable. Comme lorsqu'elle s'était retrouvée dans le hall du HLM avec sa mère, écoutant un policier leur annoncer que sa sœur adorée était morte.

Il était nettement plus facile de se réfugier dans la colère. Ce qu'Andie fit sur-le-champ.

— Vous n'imaginez quand même pas que je vais accepter, lâcha-t-elle sur un ton courroucé. C'est la proposition la plus ridicule que j'aie jamais entendue.

— Je suis tout à fait d'accord, admit Poseidon. Cependant ma grand-mère est inflexible.

Comment accepter d'épouser Poseidon Teras ? s'indigna Andie en son for intérieur. Certes, il était un peu moins mêlé au décès de Chrissy qu'elle ne l'avait cru initialement. Pour autant, il n'était pas exempt de toute responsabilité. Et puis, il incarnait ce contre quoi elle luttait depuis des années.

Cette union était impossible. Une folie, pure et simple !

Soudain, un doute traversa l'esprit d'Andie.

— Vous n'êtes pas en train de vous moquer de moi, quand même ? Parce que s'il s'agit d'une plaisanterie douteuse, dites-vous bien que...

Poseidon ne la laissa pas terminer.

— Croyez-moi, cela n'a rien d'une plaisanterie, dit-il avec un petit sourire crispé.

Devait-elle croire que le play-boy n'était pas plus enthousiasmé qu'elle par cette perspective ? s'interrogea Andie.

— Je me trompe, ou vous n'avez pas vraiment envie de m'épouser ?

— Je n'ai aucune envie d'épouser qui que ce soit, si vous voulez le savoir. Mais Dimitra est une force de la nature à laquelle il est impossible de résister.

— C'est ridicule !

— Vous ne savez pas de quoi est capable une grand-mère grecque.

— J'imagine que vous ne vous pliez quand même pas à toutes ses volontés, non ?

— Certes. Mais pour le coup, elle a décrété que si je ne vous passais pas la bague au doigt, elle me déshériterait. Ses parts de la fortune familiale iront à un étranger.

Écartant les mains d'un air consterné, Poseidon soupira avant d'ajouter :

— Il est essentiel, pour mon frère et moi, qu'elle ne mette pas cette menace à exécution.

Il avait dit cela avec une telle gravité qu'Andie faillit acquiescer d'un hochement de tête.

— Mais rassurez-vous, reprit-il, il ne sera pas question de sexe entre nous, si c'est ce qui vous dérange. Il s'agira juste d'un mariage blanc, pour satisfaire Dimitra.

À cette remarque, Andie fut parcourue par une nouvelle onde de chaleur, et elle se rappela qu'elle était pratiquement nue face au beau regard bleu. Pourtant, Poseidon n'avait pas baissé les yeux, ne serait-ce qu'une seule fois, sur ses courbes. Or elle n'ignorait pas qu'elles étaient à même de retenir l'attention de la gent masculine – c'était ce qu'elle avait remarqué en s'exposant pour manifester sa désapprobation.

Poseidon Teras était un dragueur invétéré. Alors pourquoi se dispensait-il de lorgner sa nudité, comme elle s'y était attendue ? Pourquoi n'essayait-il pas de lui faire des avances ? Pas même la plus petite allusion grivoise...

— Pas de sexe ? s'étonna-t-elle. Ferez-vous vœu de chasteté à compter de notre mariage ?

— Je n'ai jamais dit ça !

Un bref instant, Andie vit les pupilles bleues briller d'un éclat particulier... à la fois ardent et impudique. Ce qui ne fit que souffler sur les braises qui couvaient en elle. En pensée, elle joua avec l'image d'un Poseidon Teras se refusant à demeurer chaste.

La presse foisonnait de photos où on le voyait en compagnie

des innombrables femmes qui se succédaient dans son lit – toutes aussi superbes qu'il l'était lui-même. Et toutes se répandaient en éloges sur ses talents au lit.

Malgré elle, Andie ne pouvait s'empêcher d'imaginer en quoi consistaient lesdits talents, et les émotions qu'ils étaient susceptibles de susciter en...

Non ! Qu'est-ce qu'il lui prenait ? Oubliait-elle que l'exemple de Chrissy l'avait convaincue d'ignorer délibérément la gent masculine ? Depuis la mort de sa sœur, Andie n'avait jamais rencontré un homme susceptible de la faire changer d'avis.

Il était hors de question qu'elle revoie sa position pour celui qui se tenait devant elle. À plus forte raison s'il était prêt à payer pour qu'une femme accepte de l'épouser !

— Est-ce à dire que vous ne vous interdiriez aucune infidélité ? demanda-t-elle.

Poseidon pencha un peu la tête sur le côté, et le coup d'œil dont il la gratifia brillait d'un éclat espiègle.

— Cela vous dérangerait ? fit-il.

Andie avait conscience d'être devenue écarlate, et elle se contraignit à ne pas détourner le regard. Cela aurait eu des allures de capitulation.

— Je m'en moque éperdument. Tout ce qui m'intéresse, c'est que vous proposiez de financer mon œuvre sans limite de temps. C'est bien cela ?

— Exactement.

Tu ne vas pas prendre cette proposition au sérieux, non ?

Comment l'aurait-elle pu ? C'était déraisonnable !

Cependant, permettre à son association de perdurer était la seule chose qui comptait pour Andie. Et si Poseidon Teras offrait de la parrainer indéfiniment, ne devait-elle pas examiner sa proposition avec soin ?

— Et peu importerait la durée de notre union ? voulut-elle savoir.

— Tout à fait. Quand nous divorcerons, mon entreprise continuera à verser la subvention, à moins que vous ne décidiez de mettre un terme à notre accord.

Andie demeura songeuse. Cela signifierait qu'elle n'aurait plus besoin de courir après d'hypothétiques financements... Toutes ces femmes qui avaient cruellement besoin d'aide pourraient en bénéficier...

— Combien seriez-vous prêt à investir ? s'enquit-elle sans détour.

Avant que Poseidon n'avance un chiffre, elle s'empressa de lui faire savoir quel était le budget de fonctionnement de La Maison de Chrissy. Il ne sembla pas impressionné.

— Je vous offre le double, dit-il.

Le cœur d'Andie fit un bond dans sa poitrine. Le double ? Seigneur ! Cela lui permettrait tant de choses...

Elle prit conscience qu'elle regardait Poseidon avec des yeux ronds, trahissant son saisissement. Il était urgent qu'elle se reprenne pour ne pas lui laisser deviner à quel point elle-même et son association étaient aux abois.

— D'accord, fit-elle en adoptant une expression impassible. Et vous seriez prêt à cela juste en échange de mon nom au bas d'un vulgaire parchemin ?

Andie n'accordait pas beaucoup de valeur à l'institution du mariage. Chrissy lui avait trop raconté d'histoires à faire dresser les cheveux sur la tête au sujet de ses fréquentations masculines qui trompaient allègrement leurs épouses légitimes. Quant à leur mère, elle ne s'était jamais gênée pour clamer tout le mal qu'elle pensait de leur père, lequel avait quitté le domicile conjugal après la naissance d'Andie.

Néanmoins, il aurait fallu être bien naïve pour imaginer que Poseidon ne réclamait rien d'autre qu'une signature sur un document légal. Il y avait certainement anguille sous roche...

Il acquiesça d'un hochement de tête, avant d'expliquer :

— Ce sera une union en bonne et due forme, avec tous les rites qui conviennent. Dimitra adore les cérémonies de mariage. En outre, il faudra que vous donniez le change. Vous devrez sembler éperdument amoureuse de moi pour ne pas éveiller ses soupçons.

Andie se rembrunit. Jouer la comédie n'était pas vraiment dans ses cordes. Elle tirait fierté de son honnêteté proverbiale. L'hypocrisie lui était insupportable.

— Vous voulez *vraiment* que je fasse semblant d'être amoureuse ? demanda-t-elle pour être certaine d'avoir bien compris.

Une nouvelle fois, Poseidon eut une mimique embarrassée.

— Au moins un petit peu, répondit-il. Dimitra tenait à ce que mon frère et moi prenions la peine de faire la cour à nos futures épouses. Elle serait horrifiée de découvrir que j'ai obtenu votre main au terme d'un arrangement financier. Ah, j'oubliais de vous dire que nous ne pourrons pas échapper au traditionnel voyage de noces. J'espère que ça ne vous pose pas problème...

Cet homme perdait la raison ! s'indigna Andie *in petto*. Non seulement il lui demandait de jouer les amoureuses transies mais, en plus, il escomptait qu'elle accepte un voyage de noces en sa compagnie ?

— Et *comment*, c'est un problème ! répliqua-t-elle sèchement.

Poseidon Teras leva une main qui se voulait apaisante.

— Rassurez-vous, dit-il. Nous ferons chambre à part. Et je ne vous obligerai aucunement à remplir votre... devoir conjugal. La lune de miel ne sera qu'un simulacre. Prenez cela plutôt comme des vacances bien méritées.

Des vacances ? Avec lui ?

Cette seule pensée mettait Andie à cran, mais elle ne pouvait négliger toutes les bonnes actions que le parrainage offert par Poseidon Teras lui permettrait.

Elle le dévisagea entre ses paupières plissées.

— Si j'accepte votre proposition, dit-elle, qu'il soit bien clair que nous ne vivrons pas ensemble. Et je ne renoncerai à rien de ce qui compte pour moi.

— Bien évidemment. Loin de moi l'idée de vous imposer pareilles choses. Nous discuterons ultérieurement des modalités du temps que nous partagerons.

— Sachez que je tiens également à ce que les termes du contrat de parrainage soient fixés dans un document signé avant la noce. De même qu'à un contrat de mariage en bonne et due forme.

— Ce sera fait.

— Jusqu'à quand serons-nous censés demeurer mariés ?

— Idéalement, jusqu'au décès de Dimitra, j'imagine. Mais elle est très âgée, et cela ne prendra pas très longtemps.

Le ton désinvolte de Poseidon n'était nullement du goût d'Andie.

— C'est une chose horrible à dire concernant votre grand-mère ! s'offusqua-t-elle.

À voir s'arrondir les yeux bleus, Andie réalisa qu'elle ne s'adressait pas à n'importe qui mais à Poseidon Teras. Le puissant milliardaire ne devait guère avoir l'habitude de s'entendre réprimander de la sorte.

Sauf qu'il se bornait à la dévisager d'une manière qui la mit suffisamment mal à l'aise pour qu'elle se tortille sur le canapé. Car, au lieu de poser sur elle un regard lubrique, il semblait... oui, éprouver de l'intérêt pour ce qu'elle était. Ce qui n'était, en aucune façon, l'objectif d'Andie.

— Vous ne mâchez pas vos paroles, à ce que je vois, finit-il par lâcher sur un ton presque admiratif.

Décontenancée, elle haussa les épaules.

— Je n'ai pas pour habitude de tourner autour du pot, déclara-t-elle.

— En effet. Et j'aime ça.

À sa grande surprise, Poseidon Teras la gratifia d'un sourire encore plus ravageur que ceux qu'il avait affichés jusque-là. Un sourire chaleureux et sincère. Elle se rappela qu'elle ne souhaitait pas qu'il apprécie quoi que ce soit en elle. Tout comme elle détestait qu'il puisse la surprendre agréablement. Autant qu'elle détestait son magnifique sourire.

— Je me moque éperdument de votre opinion, maugréa-t-elle.

— Ce n'est pas tout à fait vrai, murmura-t-il. Sinon, vous ne m'auriez pas repris aussi vertement au sujet de ce que j'ai dit, concernant Dimitra. Et vous aviez raison, c'était inqualifiable.

Pendant quelques secondes, Poseidon l'observa en silence, et Andie se demanda quelle repartie lui opposer. Il ne lui laissa pas le temps de décider, car déjà il ajoutait :

— Alors, petite sirène ? Que répondez-vous ? Ou voulez-vous prendre le temps de réfléchir avant de vous prononcer ?

— Que se passera-t-il si je refuse ?

— Que voulez-vous qu'il se passe ? Rien, hormis le fait que je ne financerai pas votre fondation, voilà tout. Et que Dimitra sera épouvantablement déçue. Ce qui est pire !

— Et si j'accepte ?

— Eh bien, nous nous marierons. Cela vous garantira de bénéficier d'une coquette somme, ainsi que de l'approbation chaleureuse de ma très chère grand-mère. Et ses parts de la fortune des Teras demeureront dans la famille, comme cela doit être.

Est-ce que tu vas vraiment accepter ? s'interrogea Andie *in petto*.

Probablement pas. Bien que ce soit une occasion inespérée pour La Maison de Chrissy...

Avait-elle le droit de la laisser passer ?

— J'ai besoin de réfléchir, finit-elle par dire.

Poseidon eut l'obligeance de ne pas afficher une satisfaction trop ostensible. Extirpant de sa poche de chemise une carte de visite, il la lui tendit.

— Bien sûr, fit-il. Voici le numéro de ma ligne privée.

J'aimerais une réponse sous huitaine, si possible. Mais s'il vous faut davantage de temps, faites-le-moi savoir.

Lorsqu'elle prit le petit bristol, leurs doigts se frôlèrent et Andie sentit une décharge électrique la parcourir. Elle leva le regard vers Poseidon. Avait-il éprouvé la même chose ?

Dans les profondeurs d'un bleu intense des prunelles fixées sur elle se lisaient toutes les émotions qui la taraudaient elle-même. Se sentant rougir, Andie retira sa main.

Eh bien, voilà que tu t'es trahie ! se morigéna-t-elle en son for intérieur.

À quoi pensait-elle ? Elle haïssait cet homme ! Comment pourrait-il, en même temps, l'attirer physiquement ?

— Une semaine suffira, fit-elle en se levant.

Presque à la porte, elle se rappela que la veste de Poseidon était encore sur ses épaules. Marquant une pause, elle la fit glisser à terre. Puis, jetant un coup d'œil en arrière, elle lança :

— Ah, au fait, je m'appelle Andromeda.

Sur ces mots, elle quitta la pièce.

3

Ce même soir, Poseidon dîna avec sa grand-mère. Le lendemain, elle regagnerait la petite île grecque, berceau de la famille Teras – un minuscule royaume indépendant baigné par les eaux de la Méditerranée.

Lorsque la vieille dame le questionna au sujet d'Andromeda, il prit garde à ne pas révéler ses projets. Mais elle était d'un naturel soupçonneux, aussi lui fallut-il marcher sur des œufs.

Cependant, de retour dans son appartement – un magnifique *penthouse* dominant la Tamise –, Poseidon appela son frère pour lui exposer la situation.

Après avoir écouté son récit de la rencontre avec Andromeda, ce dernier l'interrogea :

— Est-ce que, au moins, tu as pensé à informer ta « petite sirène » que le mariage se déroulerait sur l'île ? Et n'oublie pas que Dimitra exige que tu soumettes ta promise à une cour assidue !

Le ton d'Asterion était teinté d'une légère réprobation, ce qui mit Poseidon de mauvaise humeur. Ce n'était pas seulement la réaction de son frère qui le prenait à rebrousse-poil. Il était à cran depuis que ladite Andromeda avait quitté son bureau. Son image ne cessait de le hanter. Il se remémorait interminablement l'instant où une décharge électrique l'avait parcouru tout entier tandis que leurs doigts se frôlaient. Le coup au plexus qu'il avait ressenti alors était, certes, la manifestation d'une attirance violente pour la jeune femme, mais il aurait maîtrisé sans problème pareille émotion s'il n'avait pas lu la même fulgurance de désir dans les yeux verts levés vers les siens.

Elle avait beau lui en vouloir épouvantablement, détester le personnage qu'il était, Andromeda n'en percevait pas moins la puissance de cette alchimie entre eux, aussi intensément que lui-même.

Ce qui ne va pas faciliter les choses...

En tous les cas, cela ne rendrait la situation que plus... exaltante, se dit-il.

Se trouver face à une jolie femme dont il était certain qu'elle le désirait autant qu'il la convoitait lui-même était une tentation à laquelle Poseidon n'avait jamais su résister.

Sauf qu'en l'occurrence, c'était un marché qu'il proposait à la jeune et belle activiste, pas une liaison. Il avait décidé de s'interdire toute relation sexuelle avec elle, et il se tiendrait à cette décision. C'était aussi simple que cela.

D'ailleurs, il s'était montré tout à fait clair quant à ce qu'il attendait de ce « mariage blanc ». Bien qu'il ait négligé certains détails, comme Asterion venait de le lui faire remarquer. Ce serait également un mariage « en blanc » !

Dimitra tiendrait à ce que la cérémonie soit célébrée dans la vieille église qu'elle aimait tant. Mais il ne voyait pas en quoi cela poserait problème à sa « fiancée ».

La petite île qui, au large des côtes de la Grèce, abritait le destin de la famille Teras depuis des générations était un véritable joyau enchâssé dans les eaux bleu sombre de la Méditerranée. Des hordes de touristes s'y déversaient chaque été. Andromeda ne pourrait que l'adorer.

En es-tu certain ? s'interrogea Poseidon. *De toute évidence, rien de ce qui te concerne ne trouve grâce à ses yeux...*

Lassé d'entendre Asterion le sermonner comme s'il était son aîné de dix ans, et non d'une minute, Poseidon laissa ses pensées divaguer, encore une fois, vers Andromeda. Elle lui avait lâché son prénom avec autant d'emphase que si elle daignait lui faire un présent. Or, curieusement, c'était à cela que ça ressemblait : *un cadeau !*

Se remémorant son exigence de voir les détails juridiques de leur union consignés par écrit, il s'émerveilla des qualités de femme d'affaires d'Andromeda.

Cependant, il était hors de question que Dimitra ait le moindre soupçon sur le fait que lui-même et la jeune femme ne voyaient qu'un accord commercial dans ce mariage. Il était indispensable qu'il joue la comédie de la « parade nuptiale ». Chose qui ne lui était pas familière, dans la mesure où c'étaient plutôt les femmes qui se jetaient à son cou, non l'inverse.

Comment diable allait-il s'y prendre pour avoir l'air d'un amoureux transi, et donner le change aux observateurs ?

Il était clair qu'il ne pourrait avoir recours aux cadeaux usuels en pareilles circonstances. Andromeda n'avait certainement aucun goût pour les bijoux ou toilettes de prix.

N'irais-tu pas un peu vite en besogne ? songea Poseidon. *Oublies-tu qu'elle n'a pas encore accepté ta proposition ?*

La semaine de réflexion qu'il lui avait accordée n'était pas encore terminée, cependant rien n'interdisait à Poseidon de chercher à influer sur sa décision.

Se contraignant à reprendre pied dans la conversation, il entendit son jumeau lui demander d'un ton acerbe :

— Comment comptes-tu t'y prendre pour duper Dimitra ?

— Ne t'inquiète pas, j'en fais mon affaire, répliqua-t-il. D'ailleurs, j'ai déjà informé Andromeda qu'il lui faudrait feindre d'être amoureuse. Elle est tout à fait d'accord.

Or, la « petite sirène » n'avait pas eu l'air ravie à cette perspective. Il serait indispensable que Poseidon l'aide à s'accoutumer à certains gestes d'affection. Par exemple, lui tenir la main, passer un bras autour de sa taille...

Peut-être même te faudra-t-il l'embrasser...

Une bouffée de chaleur des plus inopportunes l'assaillit à l'idée de presser ses lèvres sur cette bouche sensuelle. Quelle serait sa saveur ? À n'en pas douter, elle ne pourrait qu'être enivrante.

Non ! Il ne devrait en aucun cas se laisser emporter par ses pulsions. Et si l'ombrageuse Andromeda le mettait exagérément à l'épreuve, alors il aurait toujours le recours de soulager ses tensions dans les bras d'une autre, plus réceptive.

Sauf que cela ne serait pas chose aisée, s'il ne voulait pas mettre en péril l'illusion d'histoire d'amour à laquelle il s'efforcerait de faire croire... Mieux vaudrait qu'il se tienne tranquille jusqu'à ce que le mariage soit conclu, résolut-il.

— Je ne doute pas que tu aies su trouver les mots pour la convaincre, déclara Asterion avec une pointe d'ironie. Et je suis certain que ton plan fonctionnera comme tu le souhaites.

Poseidon préféra ignorer le scepticisme manifeste de son frère.

— Le problème, c'est qu'elle n'est pas le genre de femmes à être séduite par des bijoux ou autres colifichets, dit-il. Ce qui signifie qu'il me faut trouver une autre technique d'approche.

Un silence accueillit ces remarques, puis Asterion rétorqua, avec une intonation clairement amusée :

— Ne me dis pas que tu es en quête de conseils de drague ? Pas *toi* !

— C'est juste que je n'ai pas vraiment l'habitude de me montrer empressé avec une femme, expliqua Poseidon.

— Couche avec elle. N'est-ce pas ainsi que tu procèdes d'habitude ?

Une nouvelle fois, Poseidon fut envahi par une onde de chaleur intempestive. Les propos de son frère avaient fait venir à son esprit l'image des formes sensuelles d'Andromeda, le souvenir de sa peau de satin, de la passion qu'elle mettait dans ses protestations... Il ne doutait pas que sous ses mains, elle se révélerait aussi ardente que la braise. Mais il saurait maîtriser l'incendie, l'utiliser à son profit…

— Non ! s'exclama-t-il avec une véhémence destinée autant à son frère qu'à ses propres pensées. Je te rappelle que je n'entends conclure avec elle qu'un simple arrangement.

— Je vois… Et tu as une idée de comment procéder ?

Un large sourire vint aux lèvres de Poseidon.

— Oui, répondit-il. Je crois que je commence à savoir…

Submergée par le découragement, Andie embrassa du regard la salle d'attente miteuse de son association.

Elle avait eu beau accrocher aux murs quelques photos de paysages riants, et déposer un petit vase de freesias sur une table basse, l'ensemble était particulièrement déprimant.

Tu as cruellement besoin de l'argent de Poseidon Teras !

Andie grimaça. Elle s'était contrainte à chasser cet individu de son esprit après leur rencontre, et elle ne tenait pas à ce qu'il revienne s'y faire une place.

Tu mens ! Tu n'as pas cessé de penser à lui !

C'était une réalité qu'elle se refusait à affronter. L'homme l'avait obsédée à partir de l'instant où elle l'avait quitté.

Ses incroyables yeux bleus, et la décharge électrique qui l'avait parcourue lorsque leurs doigts s'étaient frôlés, avaient laissé une trace incandescente dans sa mémoire… une brûlure si cuisante que rien n'en avait calmé le feu.

Certes, Andie lui en voulait un peu moins depuis qu'elle avait appris qu'il n'était pas directement responsable de la mort de Chrissy, cependant il continuait à incarner tout ce qu'elle détestait le plus au monde. Quant à sa proposition, elle était tout bonnement ridicule !

Les hommes du genre de Poseidon Teras ne tenaient jamais parole. Simon – celui que Chrissy avait eu la malchance de rencontrer dans l'une des boîtes de nuit les plus huppées de

Londres – avait promis la lune à sa sœur. Au lieu de quoi, il l'avait initiée à la drogue, la conduisant à sa perte.

Les hommes n'étaient que d'abominables menteurs. Poseidon ne pouvait être différent de ses semblables.

Sauf qu'il se dit prêt à accepter toutes tes revendications. Y compris celle de mettre par écrit vos accords.

C'était la vérité pure et simple.

Et il s'engage à parrainer ton œuvre indéfiniment. Quelle que soit la durée de votre union...

Andie se renfrogna encore davantage. C'était tout bonnement de la manipulation !

Du calme, ma vieille ! Tout ce qu'il réclame, c'est ton nom au bas d'un acte officiel, et un peu de comédie.

Remettant de l'ordre dans les stylos posés sur le comptoir d'accueil, Andie ne put s'empêcher de se demander si elle aurait agi différemment à sa place. Certes, il n'était motivé que par un intérêt égoïste, tandis qu'elle avait des buts bien plus philanthropiques.

Es-tu certaine que tes motivations sont purement altruistes ? N'as-tu pas quelque intérêt personnel dans l'affaire ? Par exemple, te dédouaner d'avoir assisté sans mot dire à la déchéance de Chrissy...

C'était faux ! Andie avait clairement exprimé son inquiétude et sa désapprobation. Ce n'était pas sa faute si leur mère avait fait la sourde oreille. Miranda était tout émoustillée de voir sa fille aînée « grimper dans l'échelle sociale ». Elle s'était bornée à soupçonner la cadette d'être jalouse. Andie avait quinze ans à l'époque et, faute de savoir à qui s'ouvrir de ses préoccupations, elle avait fini par se taire en espérant que tout se passerait au mieux pour sa sœur.

Sauf que cela n'avait pas été le cas. Pas du tout !

Soudain, Andie fut interrompue dans ses sombres réflexions par la porte d'entrée qui s'ouvrait à la volée. Deux colosses entrèrent dans le petit local dont ils scrutèrent le moindre recoin d'un regard professionnel. Puis l'un tint la porte grande ouverte, tandis que l'autre se mettait pratiquement au garde-à-vous de l'autre côté de l'entrée.

Les yeux ronds, Andie en était encore à se remettre de sa surprise lorsqu'elle reçut un nouveau choc : Poseidon Teras – en personne ! – franchissait le seuil.

L'onde de chaleur qui la submergea laissa vite place à une bouffée de colère. Que diable faisait-il là ? La semaine de réflexion accordée n'était pas encore terminée. Il n'avait aucun droit de s'imposer dans ce qui était son lieu de travail.

Andie s'apprêtait à exiger qu'il s'explique sur cette intrusion quand Poseidon, d'un geste ample, lui présenta le plus énorme bouquet de roses rouges qu'elle ait jamais vu.

— Pour vous, chère madame, dit-il de sa voix de basse.

Clignant des paupières, Andie demeura interdite quelques secondes. D'où sortait cette idée de lui offrir des fleurs ? Même si elles étaient magnifiques, avec leurs pétales velouteux, d'un rouge sombre, et leur parfum suave.

— Pourquoi ce bouquet ? demanda-t-elle quand elle retrouva ses esprits.

L'ébauche d'un sourire flotta sur la bouche parfaite de Poseidon.

— Parce que lorsqu'un homme courtise une femme, il est de coutume qu'il lui en offre, répondit-il. Et puis, j'ai pensé que cela vous aiderait peut-être à prendre une décision.

Sans trop comprendre pourquoi, Andie se sentait au comble de l'agacement. Était-ce parce que Poseidon l'avait déstabilisée, et qu'elle ne supportait pas cette idée ?

— Vous semblez oublier que vous m'aviez accordé un délai d'une semaine, lâcha-t-elle d'un ton acerbe.

— Pas du tout ! Je ne suis pas venu chercher votre réponse, Andromeda. Je tenais juste à vous apporter ce modeste témoignage de mon estime.

Croisant les bras, Andie affronta Poseidon du regard. Une fois de plus, elle ne put manquer de s'étonner de sa haute stature, de sa large carrure. Il émanait de lui un charisme d'une telle puissance que c'était comme si un ouragan soufflait sur elle, emportant tout son univers dans un tourbillon.

Oublierais-tu qu'il est le même type d'homme que Simon ?

Simon qui avait entraîné Chrissy sur la pente fatale, avec tout son argent et son charisme. Un soir, lorsqu'il avait raccompagné Chrissy jusqu'à leur porte, Andie s'était cachée derrière les rideaux du salon pour l'observer à la dérobée. Jamais elle n'avait vu d'homme aussi séduisant. Pas étonnant, avait-elle pensé, que sa sœur en soit tombée amoureuse ! Elle-même n'était pas insensible à son charme. Sauf qu'elle n'était qu'une adolescente, alors que Chrissy était une jeune femme de vingt ans.

Andie n'était pas jalouse de sa sœur. Simplement envieuse. Car Simon introduisait Chrissy dans un monde de réceptions huppées, de belles toilettes, avec champagne et voyages à Monte-Carlo, Paris ou Cannes. Comment Andie n'aurait-elle pas rêvé d'être de la fête, elle aussi ? Comment ne pas vouloir échapper à l'environnement étouffant de leur barre de HLM, ainsi qu'à la routine laborieuse de l'école et de son emploi à mi-temps dans les rayons du supermarché local ? Comment ne pas espérer que quelque prince de contes de fées l'emporte sur son blanc destrier vers une vie où tout serait plus beau, plus excitant ?

Malheureusement, tout cela s'était soldé par une abominable descente aux enfers.

Poseidon Teras ne pouvait que l'entraîner dans le même genre de galère ! Il était encore plus riche, plus charismatique, plus séduisant que Simon. Et Andie était maintenant une femme. Une femme dotée des mêmes appétits que ceux qui avaient animé Chrissy. Cependant, à l'inverse de celle-ci, Andie était consciente de ce qui pouvait arriver si on se laissait aller à satisfaire ce genre de besoins. Il n'était pas question qu'elle s'engage sur cette voie, aussi fortuné et attirant que soit Poseidon Teras.

Ce jour-là, il portait un costume gris sombre, et sa chemise immaculée était agrémentée d'une cravate en soie de couleur émeraude faisant ressortir les éclats vert céladon dans le bleu de ses prunelles.

Comment avait-elle pu oublier que cet homme était d'une beauté renversante ? s'irrita Andie en son for intérieur. Au cours des deux jours écoulés, elle avait essayé de se persuader qu'il n'était certainement pas aussi beau que ce que son imagination enfiévrée voulait lui faire croire.

En fait, il était réellement fascinant. En sa présence, la petite salle d'attente paraissait encore plus miteuse et déprimante qu'avant son arrivée. Dire qu'il avait suffi qu'il se montre pour que tous les efforts d'Andie pour rendre le lieu accueillant se révèlent vains ! C'était exaspérant !

Elle fusilla Poseidon Teras d'un regard méprisant.

— Je vous remercie, fit-elle, mais je n'ai que faire de votre estime. Aussi, vous pouvez remporter ce... gage de la considération que vous me portez. Et décamper !

Au lieu d'obéir à cette injonction péremptoire, Poseidon vint s'accouder au comptoir d'accueil, l'air prêt à s'y installer pour le reste de la journée.

— J'ai autorisé mon service de relations publiques à laisser échapper, auprès des médias, l'information sur ma petite escapade d'aujourd'hui. Bien évidemment, des paparazzis m'ont pris en chasse...

Il se tourna nonchalamment vers la vitrine, avant d'ajouter :

— J'imagine qu'ils s'interrogent sur les raisons de ma présence ici. Ils ne manqueront pas de mener leur enquête. On ne me voit pas souvent chargé d'un bouquet de fleurs, et cela va donner lieu à bien des spéculations.

Le regard bleu revint se fixer sur celui d'Andie.

— Bref, conclut-il, ma visite va valoir à La Maison de Chrissy une publicité pour laquelle nombre d'entreprises seraient prêtes à dépenser des fortunes.

Quoiqu'elle eût aimé réfuter cette affirmation, Andie savait que Poseidon disait vrai. Quand bien même il traînait derrière lui une réputation déplorable, les médias l'adoraient, et il était régulièrement suivi d'une troupe de photographes. Sa présence au siège de l'association allait faire sensation.

— Ne redoutez-vous pas d'être pris pour un toxico en quête de soutien ? demanda-t-elle, faute de mieux.

— Bien sûr que non ! s'exclama-t-il.

Laissant son regard errer sur la pièce, Poseidon fronça les sourcils. Puis, il reporta son attention sur le vase contenant les freesias fatigués. En quelques gestes habiles, il les remplaça par le bouquet de roses.

— Voilà qui est mieux ! fit-il.

D'un coup d'œil impérieux, il intima à l'un de ses gardes du corps de le rejoindre, lui tendant les fleurs fanées.

— Occupez-vous de jeter ceci.

Ensuite, prenant une rose dans le bouquet, il s'avança vers Andie. Ce fut avec une lueur malicieuse dans le regard qu'il la lui offrit, et elle sentit son cœur s'emballer.

— Vous n'allez quand même pas refuser une unique rose, lâcha-t-il dans un murmure aguicheur.

Ce devait être avec cette intonation doucereuse que le diable attirait les faibles mortels sur la voie du péché, songea Andie.

Comme Chrissy l'a été. Et elle a cédé.

Intérieurement, Andie se répéta qu'elle ne commettrait pas les mêmes erreurs. Elle résisterait !

Ignorant la fleur qui lui était présentée, elle fusilla Poseidon du regard, avant de l'interroger :

— Que signifie cette comédie ? Est-elle destinée à me convaincre d'accepter votre ridicule demande en mariage ?

— Eh bien, je ne saurais dire le contraire. Néanmoins, mon objectif, en venant ici, était également de générer l'intérêt des médias pour votre fondation. Ceci afin de démontrer ce que je suis en mesure de faire pour vous. Après tout, je ne demande que votre présence au pied de l'autel, et quelques simagrées. Tandis que vous retirerez de l'opération l'argent et la couverture médiatique dont votre louable institution manque cruellement.

Sur ces mots, il promena de nouveau les yeux sur la triste salle d'attente, et Andie ne put s'empêcher de penser qu'il n'avait pas tort : elle avait tout autant besoin de notoriété que d'argent.

C'est une chance à saisir. Ne la gâche pas !

D'accord, cet homme était beaucoup trop séduisant pour son propre bien, mais il n'y avait aucune raison valable pour que cela interfère avec les avantages qu'il promettait. De plus, Andie était certaine de n'avoir rien de commun avec sa sœur. Elle ne commettrait pas les mêmes erreurs que celle-ci.

Elle n'avait qu'à accepter sa proposition de mécénat pour transformer La Maison de Chrissy en une fondation suffisamment solide pour sauver des vies.

Une fois sa décision arrêtée, Andie prit une profonde inspiration avant de se saisir de la rose toujours tendue vers elle. Une nouvelle fois – contre sa volonté –, ses doigts effleurèrent ceux qui tenaient la tige. Une décharge d'électricité courut instantanément le long de son épine dorsale, et elle en eut le souffle coupé. Le flamboiement qui s'alluma instantanément dans les yeux dardés sur elle attestait que le même incendie brûlait en Poseidon. Pendant une fraction de seconde, Andie perdit toute capacité de réflexion.

Il te désire tout autant !

— Non ! murmura Poseidon, comme se parlant à lui-même, d'une voix tellement sourde qu'elle le comprit à peine.

— Que dites-vous ? s'enquit-elle avec une intonation étrangement rauque.

— Je vous ai demandé si vous alliez enfin vous décider, petite sirène.

Ce n'était pas du tout ce qu'il avait dit, mais Andie n'avait aucun doute sur la raison qui avait provoqué ce « non » catégorique. Cependant, elle préférait ne pas s'attarder sur le sujet – ni en paroles, ni en pensée –, aussi se préoccupa-t-elle de trouver un endroit où placer la rose sur son bureau, avant de lever les yeux pour soutenir le regard de Poseidon.

— Je vous ai déjà dit que, pour cela, il me faudrait un contrat en bonne et due forme, signé de votre main.

Le sourire qui répondit à cette exhortation mit en alerte toutes les capacités d'Andie à percevoir un danger imminent. Elle vit Poseidon passer la main sous sa veste pour atteindre la poche intérieure, dont il retira une enveloppe qu'il lui tendit.

— C'est déjà fait, dit-il d'un air satisfait. J'ai soumis ce document à vos avocats dès ce matin.

Comment en aurait-il été autrement ? s'indigna Andie *in petto*. Cet homme était l'arrogance personnifiée.

D'un air furibond, elle lui arracha l'enveloppe des mains – cette fois en prenant bien garde d'éviter tout contact – et l'ouvrit d'un geste brusque.

Elle contenait un contrat détaillant les termes de leur accord, en bas duquel il avait apposé sa signature.

— Comment avez-vous su quel cabinet me représente ? s'enquit-elle sèchement.

Poseidon haussa une épaule d'athlète.

— Mon personnel est suffisamment qualifié pour avoir trouvé sans difficulté l'étude agissant pour votre association. Appelez-les, si vous voulez en avoir le cœur net.

Pour un peu, Andie lui aurait lancé qu'elle revenait sur sa décision ; qu'il pouvait reprendre son fichu contrat et ne plus jamais reparaître devant elle. Parce que, d'une certaine façon, il l'avait prise de vitesse, et elle détestait ça.

Sauf que c'était trop tard. Elle s'était résolue à accepter ce mariage, et elle n'allait pas laisser ses émotions prendre le dessus encore une fois.

— Vous êtes le plus arrogant fumier que j'aie eu la malchance de rencontrer ! finit-elle par lâcher.

— J'avoue que je suis assez doué…

Affichant un sourire toujours aussi irrésistible, Poseidon se tourna vers la porte d'entrée, avant d'ajouter :

— Appelez-moi quand vous aurez pris votre décision.

Si Andie avait suivi son inclination, elle aurait laissé Poseidon partir sans un mot de plus. Mais à quoi bon attendre pour lui faire part de son choix ? Un choix qui s'était pratiquement imposé à elle quand il s'était engagé à parrainer La Maison de Chrissy.

— Attendez ! lança-t-elle.

La haute silhouette marqua le pas, au milieu de la pièce.

— Oui ? fit-il, se tournant à demi.

— C'est d'accord, lança-t-elle. J'accepte de vous épouser.

Poseidon hocha la tête, mais ne se retourna pas. De sorte qu'Andie ne put voir son expression.

— J'enverrai une voiture vous chercher, demain, dit-il. Pour mettre au point les détails du mariage.

4

Confortablement installé sur la terrasse de son *penthouse*, sous le chaud soleil d'été, Poseidon consultait le rapport envoyé par son service de relations publiques sur le traitement par les différents organes de presse de la visite qu'il avait rendue la veille à Andromeda.

Les photos le montrant chargé de son énorme bouquet, devant l'immeuble miteux, s'accompagnaient d'interminables spéculations sur la destinataire des fleurs.

Cette brève prestation, à laquelle Poseidon s'était volontiers livré – juste un échantillon de ce à quoi il se préparait –, avait eu les effets escomptés aussi bien sur les médias que sur celle qu'il pouvait désormais considérer comme sa future épouse.

Certes, elle l'avait accueilli avec l'attitude hostile à laquelle il était préparé.

La façon dont elle pointait vers lui un menton belliqueux et se redressait de toute sa taille avait quelque chose d'indéniablement sexy, quand bien même elle était vêtue de pied en cap, contrairement à leur première rencontre. Néanmoins, blue-jean et T-shirt mettaient tout autant ses formes en valeur que la peinture. Elle avait rassemblé sa masse de boucles rousses en un catogan noué sur la nuque, et il nota la ravissante constellation de taches de rousseur sur son joli nez. Les prunelles vertes trahissaient la même aversion que quelques jours auparavant.

Aussi, en lui tendant la rose unique prélevée dans le bouquet, Poseidon avait été envahi par le doute. Ce qui ne laissait pas de le surprendre. En effet, il n'avait pas le souvenir d'avoir éprouvé la même incertitude face à une femme. Jamais !

Ce sentiment de confusion n'avait fait que s'aggraver lorsque le frôlement de leurs doigts avait, encore une fois, allumé en lui le brasier qui l'avait consumé quelques jours plus tôt, dans son bureau. Ce coup de poing au ventre, provoqué par une attirance qu'il ne pouvait ignorer.

C'était malgré lui que Poseidon avait laissé échapper un « non » par lequel il s'exhortait lui-même à respecter la promesse qu'il s'était faite de ne jamais toucher cette femme.

Andromeda l'avait entendu, bien sûr. Avait-elle compris ce qu'il voulait dire ?

Poseidon n'avait pas pris la peine de s'expliquer. Par expérience, il savait que certaines personnes n'hésitaient pas à utiliser le désir qu'elles inspiraient. Aussi avait-il appris à faire preuve de prudence. En tous les cas, il n'avait pas l'intention de faire savoir à Andromeda qu'il la trouvait belle et désirable. Cela lui aurait conféré un pouvoir qu'elle aurait pu utiliser contre lui. Surtout dans la mesure où elle défendait une cause qui lui tenait suffisamment à cœur pour qu'elle soit prête à faire flèche de tout bois.

Et toi ? N'es-tu pas en train de la manipuler comme Michel l'avait fait avec toi ?

Mais non ! Il avait seulement avancé une proposition profitable à l'un comme à l'autre. Rien de plus.

Il ne la forçait à rien !

Enfin, Andromeda s'était décidée, et Poseidon ressentait encore le frisson de satisfaction qui l'avait parcouru à entendre sa réponse.

C'était une émotion tellement intense qu'il en avait été tout retourné et avait préféré s'éclipser sur-le-champ plutôt que s'attarder pour mettre au point la suite des événements.

Il était tout à fait compréhensible de se réjouir qu'elle ait accepté, mais il n'avait pas apprécié la violence de l'émotion que cela avait fait naître en lui. Quelque chose qui répondait au vide creusé en lui par la mort de son père. Ce gouffre dont le redoutable Michel avait su tirer parti.

Plus jamais il ne se laisserait manipuler de la sorte !

— Monsieur ?

Poseidon leva les yeux de son ordinateur pour découvrir sa gouvernante plantée à la porte de la terrasse.

— Qu'y a-t-il, Molly ? Miss Lane serait-elle arrivée ?

— Oui, monsieur.

— Très bien. Conduisez-la ici, s'il vous plaît.

Molly disparut à l'intérieur du *penthouse*.

Pourquoi diable ressentait-il cette excitation à la nouvelle de l'arrivée d'Andromeda ? s'interrogea Poseidon. Ce n'était quand même pas l'impatience de la revoir, si ?

Elle ne lui avait pourtant jamais manifesté qu'une aversion des plus vives. Pourtant, quelque chose en elle le fascinait. Certes, elle l'attirait physiquement, c'était indéniable. Mais il était surtout captivé par le feu qui brûlait en elle, ardent et indomptable. Andromeda semblait n'avoir peur de rien. En tous les cas, pas de lui. Et Poseidon n'aurait su dire pourquoi ce seul fait était terriblement excitant.

D'un coup d'œil circulaire, il s'assura que tout était en ordre pour l'accueillir. Molly avait disposé sur la table tout ce qui convenait à un parfait petit déjeuner anglais : scones, confiture et crème fouettée. La matinée était délicieusement tiède. Quant au parfum des lavandes plantées dans les hautes jarres, il lui rappelait la petite île où il avait grandi.

Après l'épisode avec Michel – lorsque celui-ci avait disparu de son paysage –, Poseidon avait fui l'île comme la peste. Non pas que des souvenirs douloureux y aient subsisté. Il ne pensait jamais à son passé. Simplement, il avait perdu tout intérêt pour le lieu. Le vaste monde l'attirait bien davantage.

Par ailleurs, Michel était mort depuis dix ans, et il n'avait plus aucune emprise sur lui. Plus la moindre.

— Monsieur ? lança Molly depuis la porte donnant sur la terrasse. Mademoiselle Lane est là.

S'arrachant à ses réflexions, Poseidon leva les yeux. À côté de la gouvernante se tenait Andromeda dans une robe de mousseline, de la couleur des feuillages printaniers. La masse indisciplinée de ses boucles rousses cascadait jusqu'au milieu de son dos, et un assemblage hétéroclite de fins bracelets tintait à l'un de ses poignets. Son regard, de la même teinte que la robe, se planta dans celui de Poseidon, et il sentit à nouveau dans son plexus le coup de poing du désir.

Comment en aurait-il été autrement devant cette éblouissante beauté ?

Poseidon se demanda si Andromeda avait revêtu cette robe à dessein. La couleur accentuait le caractère opalescent de son épiderme et l'éclat de ses yeux. L'ampleur du vêtement avait beau dissimuler les courbes de sa silhouette, la soie en était si vaporeuse qu'il distinguait en transparence le dessin délicat du soutien-gorge et de la culotte.

— Merci, Molly, dit-il en se levant. Bienvenue, Andromeda !

Faisant le tour de la table, il en écarta la chaise placée face à la sienne et lui fit signe de prendre place.

— Je vous en prie, laissez-moi vous offrir une tasse de thé, dit-il.

Sur ces mots, Molly se retira. Mais Andromeda restait figée à la porte, sans se départir de l'expression soupçonneuse qu'elle arborait obstinément en sa présence.

Il allait falloir qu'il trouve le moyen d'apaiser sa méfiance, car cela ne manquerait pas d'éveiller les soupçons de Dimitra, ce qui mettrait en danger le stratagème qu'il avait élaboré.

— Inutile de me regarder avec autant de réticence, petite sirène, dit-il en souriant. Je n'ai pas d'autre intention que de vous offrir une tasse de thé et des scones. Pas de l'héroïne.

— Arrêtez de m'appeler comme cela ! Je vous ai dit mon prénom.

Poseidon haussa un sourcil.

— Vous n'aimez pas que l'on vous compare à une belle jeune femme à la voix enchanteresse ? demanda-t-il.

Les yeux d'Andromeda s'étrécirent.

— J'aime mon prénom, répondit-elle. Ce n'est pas comme lorsqu'on est affublé de celui de Poseidon...

Rejetant la tête en arrière, il partit d'un éclat de rire sonore. Personne n'avait osé se moquer de son prénom depuis sa prime enfance. Pourtant, il ne s'étonnait guère qu'Andromeda s'y soit risquée. Cela lui ressemblait bien.

— Je ne vois pas ce qu'il y a de mal à porter le nom du dieu des Mers, objecta-t-il. Surtout lorsqu'on est à la tête d'une compagnie maritime couronnée de succès.

— Vous n'avez rien d'un dieu, répliqua sèchement Andromeda.

— Vraiment ? Je suis certain que les femmes que je mets dans mon lit vous contrediraient. Surtout après que je les ai fait crier de plaisir...

Les joues d'Andromeda virèrent à l'écarlate. Probablement autant sous l'effet de la colère que de la gêne.

— Vous êtes le plus arrogant...

— Le plus arrogant fumier que vous ayez eu la malchance de rencontrer, je sais. Mais prenez place, je vous en prie.

Levant les yeux au ciel, Andromeda s'avança jusqu'au siège derrière lequel Poseidon se tenait encore.

— Je peux très bien tirer ma chaise toute seule, fit-elle.

Il la dominait presque d'une tête, et il baissa le regard sur elle, prenant conscience de son parfum délicatement vanillé.

Tu ne devrais pas la laisser approcher de toi.

En son for intérieur, Poseidon se dit qu'effectivement il ferait mieux de maintenir une distance de sécurité entre eux. D'autant plus que, de près, il discernait encore plus distinctement le dessin du soutien-gorge et de la culotte sous l'étoffe diaphane. S'il s'était interrogé sur ce que le choix de cette robe avait de volontaire, la façon dont Andromeda avait rougi jusqu'aux cheveux en l'entendant évoquer les cris de plaisir de ses maîtresses montrait clairement son innocence.

— Et j'aimerais que vous cessiez de lorgner mes sous-vêtements, maugréa-t-elle, comme si elle avait lu dans ses pensées.

— Je ne fais rien de tel !

— Bien sûr que si. J'admets que cette robe est presque… indécente. Mes autres vêtements étaient au lavage. Enfin, vous n'y pouvez rien, j'imagine. Vous êtes un homme.

Poseidon demeura tellement déconcerté par cette affirmation que les mots lui manquèrent. Andromeda posait sur lui un regard désapprobateur, sans une once de gêne à l'idée qu'elle se présentait devant lui dans une robe bien trop transparente. Comme si rien au monde n'était susceptible de la déstabiliser. Et surtout pas *lui*.

Soudain, il fut saisi par l'envie de la plonger dans le même émoi que celui dans lequel il avait été précipité à sa vue.

— C'est vrai, ce mensonge ? s'enquit-il sur un ton sarcastique. *Tous* vos vêtements étaient au lavage, ou bien avez-vous choisi cette tenue à mon intention ?

Des étincelles brillèrent dans les prunelles vertes et le petit menton se redressa.

— Pourquoi aurais-je fait cela ?

Sans même s'en rendre compte, Poseidon avait avancé

d'un pas, comblant le peu de distance les séparant. C'était une regrettable erreur, il se devait de l'admettre.

— Pour susciter mon intérêt, petite sirène. Quoi d'autre ?

— C'est *faux* !

Les joues veloutées étaient devenues cramoisies, et cela ne faisait que rendre encore plus remarquable la couleur verte des prunelles. Cependant, Andromeda ne recula pas d'un pouce, manifestement bien décidée à ne pas céder du terrain.

— Il ne pourrait rien m'arriver de pire ! ajouta-t-elle.

— Vraiment ? murmura Poseidon en posant la main sur le velours de cette joue. Susciter mon intérêt est la pire chose qui pourrait vous arriver ?

Au contact de sa paume, Andromeda s'était figée, et elle retint sa respiration. Poseidon se demanda si elle allait reculer. Elle n'en fit rien, se contentant de demeurer immobile, dardant sur lui le double faisceau de ses yeux dont le vert pâle tournait à l'émeraude. Le temps semblait s'être arrêté. L'air vibrait d'électricité statique. Sous les doigts de Poseidon, sa peau était aussi douce que du satin. Il ne put s'empêcher de laisser sa main glisser le long de la joue, jusqu'à aller se perdre dans la chevelure de feu, pour enserrer la nuque souple et incliner légèrement en arrière la tête d'Andromeda.

De nouveau, il s'étonna qu'elle ne fasse pas le moindre geste pour échapper à son emprise. Elle le dévorait du regard, comme hypnotisée. Puis, à sa grande surprise, elle se hissa sur la pointe des pieds et souda les lèvres aux siennes.

Andie aurait été parfaitement incapable de dire ce qui lui était passé par la tête. C'était sur le pied de guerre qu'elle était arrivée à ce rendez-vous – dans ce ridiculement luxueux *penthouse* du centre de Londres –, prête à se colleter avec Poseidon Teras sur tous les termes du contrat de mariage. Sauf qu'à le découvrir attablé sur la terrasse dominant la Tamise, elle avait été comme envoûtée par l'invraisemblable sex-appeal qui émanait de lui.

Cette fois, il avait opté pour une tenue plus décontractée que lors de la visite qu'il lui avait rendue. Accompagnant un pantalon de costume gris foncé, sa très simple chemise noire était restée ouverte au col, et Andie n'avait pu faire autrement que fixer son attention sur le triangle de peau mate qui dévoilait les battements réguliers de son pouls, à la base du cou. Lorsque le regard bleu cobalt avait accroché le sien, elle avait été traversée par la même onde de chaleur que lorsque leurs doigts s'étaient frôlés, la veille.

Ce n'était vraiment pas juste qu'il soit aussi incroyablement séduisant, et encore moins qu'elle soit aussi sensible à son apparence. Andie s'en voulait beaucoup de ne pas mieux maîtriser les réactions de son corps face à cet homme.

Elle en voulait aussi à Poseidon. Il était tout à fait déplacé qu'il continue à l'appeler « petite sirène », tout en dardant sur elle ce regard entendu.

D'accord, sa robe ne dissimulait pas grand-chose de ce qui se trouvait en dessous ! Mais il faisait chaud, et Andie l'avait choisie car elle avait envie de porter quelque chose de frais. De plus, ce n'était pas sa faute si ses seuls sous-vêtements propres étaient noirs !

Pourquoi fallait-il que Poseidon la regarde comme il le faisait ?

Jamais elle n'aurait dû mentionner le fait qu'elle était consciente de l'intérêt qu'il lui portait, ni réagir aussi vertement quand il l'avait taquinée ensuite. Se laisser dominer par la colère avait été la pire des options.

Car, si elle s'était contrôlée… si elle n'avait pas foncé tête baissée dans le piège qu'il lui tendait… il n'aurait pas posé sa grande main chaude sur sa joue, la privant de tout son oxygène. Ce contact n'aurait pas allumé en elle un incendie aussi ravageur qu'une traînée de feu se propageant dans l'herbe sèche.

Bref, cela lui aurait épargné de perdre complètement la tête. Et dans une tentative de le choquer autant qu'il l'avait choquée elle-même, elle ne se serait pas haussée sur la pointe des pieds pour poser ses lèvres sur la merveilleuse bouche de Poseidon.

Maintenant, c'était trop tard.

Après les quelques secondes où il était demeuré figé – et où Andie eut conscience de l'avoir plongé dans la plus totale stupéfaction –, il entrouvrit les lèvres et entreprit de lui rendre son baiser. Elle était perdue !

La bouche sensuelle avait le goût du péché, d'ineffables délices, du mystère… de tout ce dont il valait mieux, elle ne l'ignorait pas, se tenir à l'écart. Tout ce qu'elle avait obstinément fui depuis le décès de Chrissy.

Le désir dont Andie avait toujours su qu'il couvait en elle, et que Poseidon avait révélé sans qu'elle sache ni comment ni pourquoi, s'était emparé d'elle. Les mains à plat sur le torse puissant, elle savourait le contact avec ces muscles d'athlète, et leur douce chaleur, à travers la chemise noire, sans parvenir à recouvrer ses esprits.

Poseidon exhala un gémissement rauque et replongea les doigts dans les cheveux d'Andie, la retenant plus étroitement. Ses lèvres s'ouvrirent davantage, et sa langue entreprit une exploration exigeante qui ne fit qu'accentuer l'ardeur avec laquelle Andie répondait à son baiser. C'était sa première expérience en la matière, et elle se laissait guider.

Au comble de l'exaltation, Andie avait perdu toute capacité de réflexion. Les seules choses qui comptaient désormais étaient ces palpitations intense entre ses cuisses, et le besoin effréné de caresser la peau nue de Poseidon.

Agrippant les pans de sa chemise, elle se plaqua contre lui, s'étonnant presque de la fournaise qui émanait de la musculature d'airain. Quelque part, une petite voix s'époumonait pour la mettre en garde, lui répétant qu'elle tombait dans le même piège que Chrissy. Andie n'en avait cure. Sa raison était aux abonnés absents, et elle était certaine de ne la retrouver que lorsqu'elle aurait assouvi le désir qui la taraudait.

Un bras passé autour de sa taille, Poseidon la maintenait fermement ancrée à lui. Ses doigts, glissés dans sa chevelure, s'écartèrent de manière à enserrer l'arrière de sa tête. Son baiser se fit plus doux, ce qui n'était pas du tout ce que souhaitait Andie. Aussi se cramponna-t-elle à lui afin de suivre les lèvres qui s'éloignaient des siennes.

— Petite sirène, murmura-t-il contre sa bouche, si tu continues à m'embrasser de la sorte, nous allons finir dans mon lit. Mais avant cela, je veux être absolument certain que c'est ton souhait le plus cher.

Il avait dit ces mots d'une voix étonnamment rauque, à croire qu'il éprouvait la même faim inextinguible que celle à laquelle Andie était en proie.

Elle entendit un halètement sourd et prit soudain conscience que c'était d'elle qu'il provenait. Elle tremblait de tous ses membres. Sa bouche était parcourue de picotements, et le parfum épicé de Poseidon s'infiltrait jusqu'au tréfonds de son être.

Finir dans son lit ? Était-ce vraiment ce qu'elle souhaitait ?

Bien sûr que tu es pareille à Chrissy. Et si tu n'y prends pas garde, tu seras aspirée par la même spirale infernale qu'elle...

Poseidon Teras était tout ce qu'elle aurait dû fuir, au lieu de se jeter à sa tête.

Le repoussant du plat de ses deux mains, Andie s'écarta de lui, s'empressant de se détourner pour qu'il ne se rende pas compte du mal qu'elle avait à recouvrer ses esprits. Il demeura silencieux, ne faisant pas un geste pour la retenir, tandis qu'elle prenait quelques profondes inspirations.

— Je suis désolée, dit-elle. Je n'aurais pas dû vous embrasser.

Prête à entendre Poseidon répliquer avec toute son

insupportable arrogance, elle fut passablement décontenancée de l'entendre dire :

— C'est vrai. Tu n'aurais pas dû.

Ce n'était pas tant le passage au tutoiement qui la surprenait que son absence totale d'indignation à se voir repoussé – ce qui ne devait pas lui arriver fréquemment. La flamme qu'elle voyait briller dans les prunelles bleu cobalt ne reflétait nullement une quelconque vexation. Plutôt le même désir que celui qui continuait à la titiller.

— Il y a une indéniable alchimie entre nous, Andromeda, reprit-il. Une alchimie volcanique. Aussi, si tu ne veux pas que j'en vienne à t'allonger sur le dos pour me glisser en toi, tu ferais mieux de garder tes distances.

Il avait dit cela d'une voix neutre, sans plus aucune des intonations charmeuses qu'il savait si bien y mettre.

Andie frissonna car ces paroles crues avaient suscité dans son esprit une image qui rendait sa bouche étonnamment sèche. Elle s'obligea à faire taire cet émoi inopportun et acquiesça d'un hochement de tête. Sans un mot de plus, Poseidon fit le tour de la table pour gagner sa chaise, avec autant de flegme que si rien de regrettable n'était survenu.

Pourtant, Andie avait l'impression que la terre venait de basculer sur son axe. Que diable lui était-il passé par la tête ? Qu'est-ce que cet homme avait de si particulier pour parvenir à lui faire oublier tous les principes qu'elle s'était forgés depuis le décès de Chrissy ?

À repenser au baiser qu'ils avaient échangé, elle retrouvait ce qu'elle avait senti de tellement passionné en Poseidon. C'était comme si leurs deux êtres se reconnaissaient. Comme si elle avait trouvé en lui une âme sœur…

Sauf que cela n'avait pas le moindre sens. Cet homme n'avait rien de commun avec elle. Il ne se souciait de rien ni de personne, et ce baiser n'avait certainement été pour lui qu'une manière cynique de...

C'est toi qui l'as embrassé, rappelle-toi ! Et c'est lui qui a fait machine arrière.

Il n'avait pas profité du fait qu'elle avait clairement perdu la tête. Contrairement à Simon qui avait su utiliser aux dépens de Chrissy l'adoration qu'il lui inspirait.

Cela ne faisait pas de Poseidon un personnage estimable pour autant. Néanmoins, il avait raison sur un point : il existait entre eux une dangereuse alchimie, et elle ferait mieux de se tenir à distance respectable de lui.

À moins que tu n'aies envie de finir dans son lit ?

Lentement, elle fit le tour de la chaise que Poseidon avait tirée et s'y installa.

En face d'elle, il affichait une mine austère. Les traits de son beau visage étaient tirés, et sa bouche parfaite – qu'elle venait d'embrasser – était marquée d'un pli sévère. Dans son regard bleu se lisait une froideur glaciale.

Ce baiser avait été une terrible erreur, et tous deux en étaient bien conscients.

— Un peu de thé ? offrit-il d'un ton imperturbable. Un scone, peut-être ?

— Non, merci.

Andie aurait bien aimé que sa voix ne descende pas autant dans les graves, mais que pouvait-elle y faire ?

Poseidon n'insista pas, se contentant de verser une tasse de thé pour lui. Puis il coupa en deux l'un des petits pains ronds posés sur son assiette.

— Tu comprends bien qu'avant le mariage il sera nécessaire qu'on nous voie ensemble, et que nous ayons l'air raisonnablement épris, dit-il en beurrant l'une des moitiés du scone qu'il tenait négligemment entre ses longs doigts. Ne serait-ce que pour convaincre ma chère grand-mère que nous contractons un mariage d'amour.

Au grand soulagement d'Andie, il était clair que Poseidon ne s'attarderait pas sur l'épisode du baiser. Ce qui n'empêchait pas qu'elle ait le plus grand mal à reprendre pied dans la réalité. Le picotement sur ses lèvres ne s'était toujours pas éteint, son cœur battait la chamade, et les pulsations qu'elle sentait entre ses cuisses continuaient à la torturer.

Si seulement c'était la colère qui l'avait submergée ! Au moins, elle aurait su comment y faire face. Mais elle ne parvenait même pas à être irritée.

Ce n'est pas plus mal. À quoi cela te servirait-il ?

Ils devaient mettre au point tous les détails de leur prochain mariage. Or, négocier sous le coup de la colère risquait de s'avérer contre-productif.

— Oui, je comprends, fit-elle.

— Très bien. Donc, quelques sorties en public devraient suffire à alerter les médias sur l'existence de notre relation. Ensuite, mon service de relations publiques fera paraître un communiqué annonçant notre union prochaine.

À cette perspective, Andie se crispa. Certes, sa fondation avait clairement besoin de publicité. Mais quel effet cela produirait-il qu'on la voie au bras d'un play-boy patenté ?

— Est-ce que ce battage médiatique est vraiment nécessaire ? demanda-t-elle. Ne pourrions-nous pas nous contenter de légaliser notre union ?

— Dimitra est du genre méfiant. Je crains que te passer la bague au doigt à peine une semaine après qu'elle t'a choisie pour être mon épouse n'apparaisse pas comme une histoire d'amour convaincante à ses yeux.

Poseidon reposa la coupelle de confiture de fraises dont il avait tartiné le scone, avant de poursuivre :

— J'avais oublié de te dire qu'elle tient à ce que le mariage ait lieu dans l'église de l'île sur laquelle j'ai grandi, en Méditerranée. Ce n'est pas très loin, en avion.

Si Andie avait imaginé une brève cérémonie, dans un quelconque bureau d'état civil, elle voyait s'envoler tous ses espoirs.

— Est-ce à dire que... ?

Poseidon coupa court à ses questions.

— Oui, fit-il. Pas question d'échapper au cérémonial de circonstance : robe blanche, allée de l'église décorée de fleurs, prêtre en grande tenue, cantiques... La totale !

Ouvrant de grands yeux, Andie songea qu'elle ne s'était jamais projetée en héroïne de ce genre de conte de fées.

C'était Chrissy qui en rêvait. Surtout après que Simon lui avait fait miroiter la perspective que leur relation « passe à la prochaine étape ». Sauf qu'il s'était borné à l'introduire dans des réceptions huppées et de l'initier à la drogue, avant de suggérer qu'elle couche avec les hommes qu'il lui présentait, pour se faire facilement de l'argent. Cela avait sonné le glas des rêves que Chrissy entretenait.

Mais à quoi bon céder à la fureur qui s'emparait d'elle en repensant à tout cela ? réfléchit Andie. En se pliant aux demandes de Poseidon, elle serait en mesure d'apporter de l'aide à tant de malheureuses... N'était-ce pas bien plus important que de laisser libre cours à sa mauvaise humeur ?

— D'accord, se contenta-t-elle de dire. Je peux faire ça. Et aussi assister à quelques manifestations publiques.

— On peut espérer que cela soit bénéfique à ta fondation.

— Bien sûr ! Me montrer au bras d'un incorrigible play-boy ne pourra que servir la cause que je défends.

Malgré tous ses efforts pour se contrôler, Andie n'avait pu retenir cette remarque acide.

— Je n'ai jamais touché à la drogue, répliqua-t-il en lui jetant un regard assassin.

— Vous n'êtes pas réputé pour mener une vie monacale !

Poseidon esquissa une grimace.

— Si nous sommes censés être amoureux, il faudra t'habituer à me tutoyer, fit-il. Et tu devrais savoir, Andromeda, qu'il n'existe pas de mauvaise publicité.

Il avait raison, songea Andie. Aussi bien concernant sur le tutoiement que sur la nécessité de mettre La Maison de Chrissy davantage sous le feu des projecteurs.

Elle laissa échapper un profond soupir.

— C'est juste que je n'ai pas envie que l'on dise de moi que j'ai vendu mon âme au diable, observa-t-elle.

Levant les yeux de l'autre moitié de scone qu'il avait entrepris de tartiner, Poseidon darda sur elle un regard où se lisait un indéniable amusement.

— Seigneur ! s'exclama-t-il. Serais-je « le diable » ?

À le voir abandonner le sérieux qu'il avait montré précédemment, Andie fut prise de court et faillit sourire à son tour. C'était une chose dont elle avait perdu l'habitude. Depuis la mort de Chrissy, tout n'avait été que tristesse et gravité. Et puis, n'était-ce pas la réalité des choses ? Comment aurait-elle pu plaisanter quand l'avenir de tant de femmes était en jeu ? Cependant, elle ne put s'empêcher d'esquisser une moue ironique pour dire :

— Pourquoi ? Ce n'est pas la vérité ?

Les belles lèvres sensuelles s'incurvèrent pour ébaucher le sourire ravageur dont Poseidon était coutumier. Dans les prunelles azur, des paillettes vertes miroitèrent. Andie sentit quelque chose basculer en elle. Car ce sourire était spontané. Curieusement, elle se sentit un peu moins courroucée.

— Je ne peux pas être le diable, petite sirène, déclara Poseidon, puisque je suis déjà le dieu des Mers.

Poussant vers elle l'assiette où il avait posé les deux moitiés de scone tartinées de beurre et confiture, il ajouta :

— Tiens, sers-toi.

Le dieu des Mers, vraiment ? Andie faillit rétorquer qu'il

était ridicule, et qu'elle n'avait pas faim. Ce qui aurait été un mensonge, car elle n'avait pas déjeuné. De plus, le scone avait l'air délicieux. Presque malgré elle, sa main se tendit.

Se laissant aller contre le dossier de sa chaise, Poseidon la considéra avant de demander :

— Penses-tu parvenir à faire croire que tu es follement amoureuse de moi, au lieu de me regarder comme si tu cherchais à enterrer mon cadavre dans un lieu où personne ne le retrouvera jamais ?

— Ce n'est pas ainsi que je te regarde !

— Pas tout le temps, c'est vrai…

Cette repartie faisait directement allusion au baiser qu'ils avaient échangé, et le souvenir de ce moment plana comme une boule de feu au-dessus de leurs têtes.

Andie sentit s'embraser son visage, mais se refusa à détourner les yeux ou faire semblant que rien ne s'était passé.

— Si tu parles du fait que je t'ai embrassé, fit-elle, sache que cela ne se reproduira pas.

Poseidon haussa les épaules.

— Alors il va falloir que tu apprennes à jouer la comédie.

Laissant échapper un soupir agacé, Andie se demanda si toute cette histoire n'allait pas se révéler bien plus pénible qu'elle ne l'avait imaginé. En premier lieu, elle n'était pas douée pour simuler. Elle détestait mentir.

Parce que tu auras vraiment besoin de simuler ? Reconnais que tu as envie de lui !

Nier aurait été se mentir à elle-même. Autre forme de malhonnêteté !

Oui, elle désirait cet homme. Cela n'avait rien à voir avec un sentiment amoureux.

— Je n'aime pas mentir, dit-elle.

— Je comprends. Mais, en l'occurrence, personne n'aura à en souffrir, et cela te permettra de sauver des vies.

— Ta grand-mère sera blessée si elle découvre la supercherie.

— Elle n'en saura rien, si nous prenons les précautions nécessaires.

Ébauchant un petit sourire, Poseidon désigna le scone qu'elle tenait toujours sans l'avoir entamé.

— À ce que je vois, tu meurs de faim, reprit-il. Et ce scone te tente tout particulièrement. Tu n'auras qu'à me regarder comme tu le regardes. On voit clairement que tu meurs d'envie de le dévorer. C'est comme cela qu'une femme devrait contempler l'homme qu'elle aime, tu ne crois pas ?

Il inclina la tête d'un air malicieux, et le bleu de ses yeux s'intensifia.

— Sinon, ajouta-t-il, tu peux me gratifier du même genre de regard que celui que tu posais sur moi avant de m'embrasser...

Cela suffit à rallumer cet arc électrique crépitant entre eux, cette énergie ardente qui faisait battre le cœur d'Andie à cent à l'heure et rendait encore plus obsédante la palpitation sourde entre ses cuisses.

— Voilà ! souffla Poseidon. Exactement comme cela.

Il la fixait d'un regard magnétique, et Andie songea qu'elle ferait mieux de se détourner. Pourtant, elle ne put s'y résoudre. Cela aurait signifié un renoncement auquel elle n'était pas prête. Pas lorsque Poseidon exerçait déjà un tel pouvoir sur elle. Aussi s'obligea-t-elle à soutenir son regard.

— Andromeda, murmura-t-il d'une voix rauque, tu joues avec le feu... Tu veux vraiment te retrouver dans mon lit ?

De son intonation voilée émanait une chaleur de braise qui enveloppait Andie, la faisant malgré tout frissonner. Une curieuse audace s'empara d'elle. Poseidon était tellement sûr de lui, tellement certain de savoir ce qu'elle voulait ou ne voulait pas... Mais il ne connaissait rien d'elle.

— Est-ce une promesse ou une menace ? demanda-t-elle.

Les prunelles bleues la fixèrent encore plus intensément.

— À toi de voir, susurra Poseidon.

« Tu joues avec le feu ! » avait-il dit.

C'était peut-être le cas. Cependant, la folle hardiesse que les propos de Poseidon avaient fait naître au tréfonds d'Andie ne faisait que croître et embellir, la poussant à davantage de provocation, à affirmer son pouvoir sur lui.

Car elle ne doutait pas de ce pouvoir. C'était visible dans la façon dont il agrippait les bras de son fauteuil au point de faire blanchir ses jointures. Et à ce muscle qui palpitait le long de sa mâchoire. Il semblait lutter de toutes ses forces pour garder le contrôle de lui-même.

Ce faisant, il était si incroyablement sexy qu'elle avait peine à supporter la vision qu'il offrait.

Andie se détourna brusquement. Dans ses tympans, elle n'entendait plus que les battements assourdissants de son cœur. Il était urgent qu'elle mette de la distance entre eux. Pour réfléchir, à tête reposée, à la manière dont elle allait l'affronter.

Lorsqu'elle se risqua à nouveau à tourner la tête, ce fut pour se rendre compte qu'il ne l'avait pas quittée des yeux. Ils se mesurèrent du regard.

— Tu ferais mieux de partir, murmura Poseidon.

— Tu as raison, répliqua-t-elle d'une voix voilée.

Aussi, repoussant son fauteuil, elle se leva brusquement et tourna les talons.

5

Sa limousine garée le long du trottoir, Poseidon patientait à la porte de l'immeuble décrépit où Andromeda demeurait. Habituellement, il aurait envoyé son chauffeur annoncer qu'il était là, mais ce soir il avait tenu à venir lui-même à la rencontre de celle qu'il présenterait bientôt comme sa *fiancée*.

Il venait la chercher pour leur première apparition publique, à l'occasion d'un gala au profit de l'enfance défavorisée, donné au musée d'Histoire naturelle de Londres.

Quelques jours auparavant, ils s'étaient chamaillés au téléphone au sujet de la tenue qu'il lui avait fait livrer. Bien sûr, elle avait protesté, affirmant n'avoir nullement besoin qu'il l'habille. Ce n'était qu'au terme de tortueuses tractations qu'Andromeda avait fini par admettre que Poseidon était plus à même de savoir quel genre de toilette convenait à un événement qui lui était familier.

Le choix de la robe parfaite lui avait demandé moult réflexions. Bien sûr, il la fallait verte, pour s'accorder aux beaux yeux de la même nuance. Et très simple, avec un subtil drapé, pour mettre en valeur la silhouette divine d'Andromeda et sa chevelure de feu. La soie lui avait paru une texture appropriée : le chatoiement de l'étoffe ferait ressortir l'épiderme diaphane.

Lorsqu'il lui avait fait parvenir le vêtement, Poseidon s'était attendu à maintes querelles. Il n'en avait rien été. Simplement un bref message accusant réception de l'objet, et précisant que la taille convenait. Rien de plus.

C'était dans un état de tension extrême qu'il attendait de voir paraître Andromeda. Tous les muscles de son corps étaient contractés, presque à en être douloureux. Sauf que Poseidon avait été habité par cet étrange malaise depuis l'instant du baiser d'anthologie qu'ils avaient échangé, une semaine auparavant. Jamais aucune femme ne l'avait mis dans un pareil état, et avec un simple baiser par-dessus le marché ! C'était à n'y rien comprendre...

Lorsque Andromeda avait posé les lèvres sur les siennes, il avait bien perçu son manque d'expérience. Mais ensuite, elle s'était enhardie avec une fougue mâtinée de douceur à laquelle il avait été incapable de résister. Sa bouche avait une délicieuse saveur sucrée. Et quand elle avait soudé à lui ses formes ravissantes, le feu dont elle était animée avait marqué ses paumes mains comme au fer rouge, ce qui...

Non ! Il fallait qu'il cesse de repenser à ces instants !

Poseidon n'avait pas cessé de les ressasser, encore et encore, et les souvenirs lui revenaient aux moments les plus incongrus, l'empêchant de se concentrer sur son travail.

Cela devenait assommant, surtout dans la mesure où il ne pouvait s'en prendre qu'à lui-même. Que lui avait-il pris de poser la main sur la joue d'Andromeda ? À vrai dire, il n'avait pu résister à la tentation. Et la rondeur satinée était aussi douce, aussi chaude qu'il l'avait imaginé.

Sauf qu'avant même qu'il ait la présence d'esprit de se reculer, sa ravissante petite sirène l'avait stupéfié en prenant l'initiative d'un baiser auquel il n'aurait pas osé se risquer.

Ce qui l'avait totalement déstabilisé, c'était l'incroyable vague de chaleur qui l'avait submergé ; ce désir qui aurait dû le convaincre de s'écarter d'Andromeda. Car il avait immédiatement pris conscience que ce qui existait entre eux dépassait largement la banale attraction physique.

C'était bien plus profond. Irrésistible.

Erreur fatale !

Une grossière bévue, oui. Car, désormais, il ne pensait qu'à Andromeda, en proie à une terrible envie d'aller plus loin.

Tu t'étais promis de ne pas coucher avec elle, non ?

Marmonnant une exclamation irritée, Poseidon appuya de nouveau sur la sonnette. Que diable faisait Andromeda ?

De toute façon, il était hors de question qu'il cède au désir qu'elle lui inspirait. Quand bien même l'incendie que leur baiser avait allumé en lui ne s'était toujours pas éteint après une semaine, il était fermement déterminé à le contenir jusqu'au moment où il pourrait y donner libre cours avec une autre. Une femme plus appropriée.

Enfin, la porte s'ouvrit et Andromeda parut sur le seuil. Poseidon en eut le souffle coupé.

Certes, il s'était figuré qu'elle serait très belle dans la robe qu'il avait choisie, mais pas à un tel point.

Coupée en biais, l'étoffe épousait étroitement ses courbes divines, mettant en valeur les rondeurs de sa poitrine et de ses hanches, avant de s'évaser en corolle au-dessus du genou. De fines bretelles retenaient le vêtement sur ses épaules à la peau diaphane, et le décolleté formait un élégant drapé au-dessus des seins fermes. Le magnifique tissu de soie était du même vert pâle que les grands yeux d'Andromeda. Elle avait tout d'une nymphe des bois, ou aurait pu incarner la déesse du Printemps. Ses cheveux retombaient le long de son dos, des boucles artistiquement élaborées encadrant son ravissant visage de la plus seyante façon.

Poseidon n'avait pas souvenir d'avoir jamais servi de cavalier à une aussi éblouissante compagne.

Elle le fusilla d'un regard qui le mettait au défi d'oser le moindre commentaire. Pourtant, même son expression récalcitrante ne venait nullement gâcher l'effet de la robe.

— Tu es belle à couper le souffle, se borna-t-il à dire.

Il vit s'arrondir les magnifiques yeux verts, et s'entrouvrir les lèvres pulpeuses. Les hautes pommettes se colorèrent.

— Merci, répondit Andromeda dans un souffle.

Un instant, elle joua nerveusement avec la pochette qu'elle tenait en main, avant de relever les yeux pour ajouter :

— On y va ?

Il était clair qu'elle avait été troublée par son compliment.

Sans un mot, il lui offrit son bras. À sa grande surprise, elle y posa sa petite main sans protester, se laissant conduire jusqu'à la limousine.

Une fois qu'ils furent installés dans l'intérieur confortable, Poseidon ne put s'empêcher d'être douloureusement conscient de la proximité d'Andromeda. En dépit de l'absence de tout contact, la cuisse gainée de soie était dangereusement proche de la sienne. Suffisamment pour qu'il en perçoive la chaleur. Le doux parfum de vanille l'enveloppait quand bien même il s'efforçait de l'ignorer.

Oubliait-il que la présence d'Andromeda à ses côtés n'avait d'autre objet que d'exhiber celle dont il ne tarderait pas à révéler le rôle futur dans sa vie ?

Il n'y aurait jamais rien entre eux !

Résisteras-tu, si elle te regarde comme sur ta terrasse ?

Oui, Poseidon n'avait aucun doute à ce sujet. Il n'était plus un adolescent travaillé par ses hormones. Il avait appris à contrôler ses pulsions depuis de longues années.

— Je ne mentais pas, murmura-t-il pour rompre le lourd silence. Cette robe te va à ravir.

Andromeda fit la grimace.

— Elle a dû coûter une fortune, répliqua-t-elle. Ne compte pas que je la garde pour moi. J'en ferai don à une œuvre.

Elle se tourna vers la vitre, et il repensa au décor miteux du siège social de son association. Sans oublier l'aspect décrépit de l'immeuble dans lequel elle vivait, ni la modeste robe dans laquelle elle lui avait rendu visite. Manifestement, elle ne possédait pas grand-chose. Pourtant, elle se souciait avant tout de faire le bien autour d'elle.

Pourquoi luttait-elle avec une énergie aussi farouche ? Était-ce seulement en mémoire de sa sœur ?

Qu'est-ce que ça peut bien te faire ? Tu n'as pas à te soucier de cette fille !

Pure curiosité, se rassura-t-il.

— Tu as le droit de posséder de belles choses, dit-il.

Andromeda se tourna vers lui.

— De quoi parles-tu ?

— De cette robe. Pourquoi ne pas la garder pour toi ?

— C'est ridicule ! protesta Andromeda. Elle est parfaitement inadaptée au genre de vie que je mène. Je ne vois même pas à quelle occasion je la remettrais.

— Pourtant, elle te plaît. Il n'y a qu'à voir la façon dont tu t'en défends. Le monde ne va pas s'écrouler parce que tu prends plaisir à porter une belle toilette. Qu'est-ce qui te gêne autant ? Qu'elle soit coûteuse, ou que ce soit moi qui te l'offre ?

Un instant, Poseidon ne put se retenir d'éprouver une petite satisfaction à l'idée qu'elle appréciait le choix qu'il avait fait. Cependant, il vit une ombre fugitive obscurcir le ravissant minois. Elle baissa le regard sur la pochette en soie, entre ses mains.

— Tu ne peux pas comprendre, répondit-elle.

Tiens, s'étonna Poseidon, elle ne protestait pas comme à son habitude. Voilà qui était intéressant…

— Si tu m'expliques…, suggéra-t-il.

Tout d'abord, le silence fut la seule réaction d'Andromeda. Elle continuait à baisser les yeux. Avant de lâcher d'une voix sourde :

— Ma sœur et moi avons grandi dans un milieu très pauvre. Ma mère était seule pour nous élever, et l'argent était rare à la maison. Chrissy haïssait cette pauvreté. Elle aspirait à autre chose que vivre dans un HLM pourri, en travaillant d'arrache-pied dans un domaine sans intérêt. Lorsqu'elle a rencontré Simon, qui la couvrait de cadeaux, l'emmenait dans des soirées prestigieuses, lui ouvrait un univers dont elle avait toujours rêvé, eh bien... elle n'a pas tardé à tomber follement amoureuse. Ce qui a fini par entraîner sa perte. Elle en est morte.

C'était tournée vers lui, ses longs cils relevés, qu'Andromeda avait asséné ces deux dernières phrases. Et bien que ce ne soit pas une découverte pour Poseidon, il n'avait pu s'empêcher de ressentir un choc à les entendre. Tout comme il n'avait pas pu ignorer le sous-entendu accusateur.

— Je n'ai rien à voir avec la mort de ta sœur, je te le répète, lâcha-t-il.

— Tu ne peux pas nier que cela s'est passé sur ton yacht. Et en quoi es-tu différent de Simon ? Lui aussi achetait des toilettes coûteuses à Chrissy pour parader avec elle et la présenter à ses amis fortunés, auxquels il a fini par la prostituer...

Tous les mots prononcés par Andromeda étaient autant de projectiles. Comme si elle cherchait à le blesser physiquement. Pouvait-il en être autrement quand elle voyait en lui la réincarnation de l'homme qui avait détruit sa sœur ?

— Tu crois que je suis comme lui, juste parce que je t'ai offert une robe de soirée ? demanda-t-il.

Le regard vert d'eau ne se détourna pas. Andromeda demeurait figée sur la banquette, sans même tressaillir.

— Les riches et puissants amis de Simon n'ont même pas secouru Chrissy quand elle a fait cette overdose, siffla-t-elle. Ils ont continué à s'amuser sur ce fichu yacht, en se moquant éperdument de ce qui lui arrivait.

Pourquoi diable accordait-il autant d'importance à ce

qu'Andromeda pensait de lui ? se demanda Poseidon. Il aurait dû se moquer de son opinion comme d'une guigne. Pourtant, il tenait à la convaincre qu'il était *différent* de tous ces gens.

Et puis, quelque chose l'intriguait dans la réaction d'Andromeda... On aurait dit qu'elle avait peur. Mais de quoi ? Poseidon l'observa attentivement, avant de dire :

— Que tu apprécies de te voir dans cette tenue ne signifie pas que tu finiras droguée sur le pont d'un bateau, tu sais. J'espère que tu n'as pas peur de cela ?

En voyant le visage tourné vers lui s'empourprer sur-le-champ, Poseidon comprit qu'il avait touché juste. Il était clair qu'Andromeda avait réellement peur. Et ce n'était pas de lui.

— Tout d'abord, reprit-il sans lui laisser le temps de démentir, je n'ai jamais touché à la drogue. Tout comme je n'en ai jamais proposé à qui que ce soit. Et encore moins prostitué une femme dans le lit de mes amis ! D'ailleurs, si je connaissais quelqu'un qui se livre à ce genre de pratique, je m'empresserais de le coincer dans une rue sombre pour lui faire savoir brutalement ce que j'en pense.

Prenant une petite inspiration, Andromeda lâcha entre ses mâchoires crispées :

— Je peux seulement me fier à ta parole.

Poseidon n'aurait su dire pourquoi il avait autant à cœur de gagner la confiance d'Andromeda. Était-ce parce qu'il vaudrait mieux qu'elle ne le considère pas comme le diable en personne s'il voulait que leur petite comédie trouve du crédit auprès de Dimitra ?

— C'est l'absolue vérité, répliqua-t-il. Je ne suis pas Simon. Pas plus que tu n'es semblable à Chrissy.

Andromeda le fixait obstinément et l'atmosphère, à l'intérieur de la limousine, crépitait d'une électricité désormais familière. Enfin, elle détourna la tête et posa à nouveau le regard sur ses mains.

— Cela n'empêche pas que je vais faire don de cette robe à une association, marmonna-t-elle.

— Tu peux bien en faire des chiffons, si ça te chante. Quoi qu'il en soit, j'aimerais que tu cesses de me sauter à la gorge à la moindre occasion. Pourquoi compliquer la situation ?

Entre eux, le silence se prolongea pendant quelques interminables secondes. Puis Andromeda laissa échapper un soupir et elle se tourna vers lui pour déclarer :

— D'accord. Comment dois-je me comporter, ce soir ?

— Tout ce que tu auras à faire, c'est demeurer près de moi et me couver d'un regard énamouré.

Il la vit lever les yeux au ciel, aussi ajouta-t-il :

— Je te rappelle que nous devons avoir l'air amoureux, petite sirène. Or, en pareil cas, les gens échangent des œillades passionnées. Tout comme il est de règle qu'ils se tiennent proches l'un de l'autre.

— Que veux-tu dire ? demanda-t-elle d'une voix alarmée.

Incapable de répondre du tac au tac, Poseidon dut lutter pour contenir l'étrange émotion qui s'emparait de lui une nouvelle fois. Celle qui l'avait tenaillé toute la semaine, et que réveillait la seule idée de toucher Andromeda. Parce que c'était ce qu'il lui faudrait faire.

— Je devrai probablement te prendre par les épaules, répondit-il en s'efforçant de garder un ton neutre. Te tenir la main... Enfin, ce genre de choses...

Après tout, se dit-il, ce n'étaient que des indications scéniques qu'il donnait à celle qu'il ferait passer pour sa fiancée. N'allaient-ils pas se livrer à une représentation au profit de la presse, et de Dimitra ?

Alors pourquoi, à la perspective de tels contacts, sentait-il son sang affluer au-dessous de sa ceinture ?

Dans la pénombre de la limousine, les prunelles levées vers lui scintillèrent comme des pierres précieuses.

— Est-ce qu'il nous faudra échanger un baiser ? voulut savoir Andromeda.

Le choc provoqué par cette question fit courir un frisson dans tout le corps de Poseidon. Il ne s'était pas attendu à ce qu'elle aborde le sujet, après la passion avec laquelle elle l'avait embrassé, sur la terrasse. N'était-ce pas *lui* – et non elle – qui avait mis un terme à l'épisode ?

Cela aurait pu se terminer dans ton lit, et vous le savez aussi bien l'un que l'autre.

Andromeda n'aurait pas émis la moindre objection s'il l'avait soulevée du sol pour la porter jusque dans sa chambre. C'était seulement lorsqu'elle avait repris ses esprits qu'elle l'avait repoussé.

— J'imagine que oui, souffla-t-il. Les photographes vont certainement insister pour cela.

Haussant un sourcil, il marqua une pause avant de la questionner :

— Ça te pose problème ?

Comme s'il pouvait en être autrement ! s'agaça Andie en son for intérieur. Elle n'avait pourtant pas l'intention de l'avouer à Poseidon. Surtout pas alors qu'il était assis tout près d'elle et affichait cette arrogante nonchalance dont il était coutumier. En plus, il était particulièrement séduisant dans ce smoking noir qui semblait taillé pour mettre en valeur son physique d'ange déchu.

Tout ce qu'elle entendait, c'étaient les battements désordonnés de son cœur. Quant à la douce chaleur émanant du grand corps à ses côtés, et les effluves d'eau de toilette boisée, ils lui faisaient tourner la tête. Et sa bouche était épouvantablement sèche, tant le désir la taraudait.

Le souvenir du baiser qu'ils avaient échangé sur la terrasse n'avait cessé de la hanter tout au long de la semaine.

Leurs escarmouches, au téléphone, au cours des préparatifs de cette première soirée en public, l'avaient aidée à décompresser un peu. Et puis, la robe lui était parvenue, et Andie avait ravalé ses récriminations car elle n'avait jamais rien vu d'aussi magnifique de toute sa vie.

Depuis la mort de Chrissy, elle s'était persuadée qu'elle n'avait pas besoin de vêtements de prix – toutes ces choses avec lesquelles Simon appâtait sa sœur. Même pour ce gala de charité, elle était certaine de trouver ce qu'il lui fallait à la friperie à deux pas de chez elle. Sauf que la vision de la robe choisie par Poseidon avait fait s'envoler toutes ses belles résolutions.

L'étoffe en était incroyablement soyeuse et, à la voir scintiller à la lumière, Andie avait eu le cœur serré d'admiration. Lorsqu'elle s'était enfin risquée à l'essayer, cela avait été pour constater que la robe lui allait comme un gant. La coupe en était tellement flatteuse qu'elle n'avait pu que s'émerveiller. Soudain, elle était redevenue l'adolescente qui enviait sa grande sœur, ayant l'impression d'être une princesse, comme elle le rêvait alors.

En retrouvant Poseidon – lequel, pour sa part, avait toute l'apparence d'un prince de conte de fées –, Andie avait été complètement déstabilisée par les compliments qu'il lui adressait. D'autant plus qu'il l'obligeait à prendre conscience du plaisir qu'elle prenait à porter ce merveilleux vêtement.

Seigneur, pourquoi fallait-il qu'il soit à ce point perspicace ?

Cela avait probablement été une erreur de se confier à lui au sujet de Chrissy. Mais Andie n'avait eu qu'un objectif : le faire taire. Qu'il cesse de lui poser des questions !

Si elle avait réussi à le choquer, il n'en avait rien laissé paraître. Quant à ses dénégations péremptoires sur le fait qu'il n'avait rien de commun avec Simon, Andie les avait reçues avec la plus grande circonspection. Comment le croirait-elle ? Pourtant, il y avait tant de sincérité dans son beau regard bleu qu'elle s'y était résolue, en définitive.

Certes, Poseidon n'avait certainement commis aucun des méfaits auxquels Simon se livrait. Il n'avait rien de commun avec ce type ; tout comme elle n'était pas le clone de sa sœur.

Pour l'instant, il était impératif qu'elle cesse de s'en prendre à lui à la moindre occasion.

Poseidon avait le don de la mettre sur les nerfs. En cet instant, par exemple, assis à côté d'elle, vrillant au sien ce regard d'un bleu intense, la force de son charisme la chamboulait complètement. Elle avait eu beau faire de son mieux pour oublier ce baiser sur la terrasse, même après une semaine, elle revivait sans cesse la sensation de cette bouche magnifique sur la sienne, de ce corps d'athlète soudé au sien. Sans parler du tourment délicieux qui l'empêchait de trouver le repos chaque soir.

Tu n'es pas la seule à être troublée. Il éprouve la même chose, souviens-toi !

Quelle sotte d'avoir ramené sur le tapis la perspective d'un nouveau baiser ! se morigéna Andie *in petto*.

Tu cherchais à lui faire perdre le contrôle de lui-même. Avoue ! Comme sur la terrasse.

C'était le genre de provocation dont elle ferait mieux de s'abstenir. Cependant, ils n'étaient plus seuls sur la terrasse de son appartement, mais dans une limousine, en route pour une réception. Alors, ne pouvait-elle se permettre de le bousculer un peu ?

— Non, finit-elle par lâcher, cela ne me posera aucun problème.

Haussant un sourcil – piètre imitation de Poseidon –, Andie ajouta :

— Pourquoi ? Tu pensais que cela me dérangerait ?

Le bleu des prunelles se fit plus intense. Andie vit une petite flamme y briller.

— J'oubliais que tu as pratiquement failli me violer, sur ma terrasse, répondit-il. Cependant, je te préviens, ce serait du plus mauvais effet au cours d'un gala de bienfaisance.

La plaisanterie avait été prononcée d'une voix suave.

Il a beau être riche et puissant, il n'en a pas moins envie de toi, autant que tu as envie de lui.

— Est-ce qu'il t'arrive parfois de prendre les choses au sérieux ? maugréa-t-elle, oubliant qu'elle était censée se montrer aimable. Tout n'est pas matière à plaisanter !

Quelque chose changea dans le regard de Poseidon, mais Andie n'aurait su dire quoi.

— Bien sûr que si, petite sirène, répliqua-t-il. La vie n'est qu'une immense plaisanterie. Tu ne le savais pas ?

— J'imagine que tu peux dire cela parce que tout a toujours été facile pour toi.

La flamme qui continuait à briller dans les yeux de Poseidon miroita d'un éclat différent.

— *Facile*..., murmura-t-il comme s'il éprouvait la saveur du mot sur sa langue. Voilà un qualificatif intéressant...

— Oui, la vie t'a plutôt gâté, insista Andie. Tu es riche, puissant, et tu jouis de tous les privilèges que...

Poseidon lui coupa la parole :

— Mes parents et mon grand-père sont morts dans un accident de voiture alors que j'avais seulement douze ans. Mon frère et moi avons été épargnés de justesse. Alors oui, je jouis des privilèges que me garantit la fortune des Teras. Mais on peut difficilement dire que j'ai eu une vie... *facile*.

C'était d'une voix atone qu'il avait fait cette déclaration, mais Andie avait vu passer dans ses yeux des ombres dissimulant à peine une colère froide. Bien sûr, elle n'ignorait rien de son histoire familiale – c'était de notoriété publique. Mais jusqu'à ce jour, ce drame n'avait été dans son esprit qu'un élément factuel d'une notice biographique. Non un drame qui avait durement affecté un jeune garçon.

Elle fut submergée par un terrible sentiment de culpabilité.

— Ce n'est pas ce que je voulais dire..., bredouilla-t-elle.

— Ah bon ? Et que voulais-tu dire ? Que sais-tu de ma vie ? Je pourrais aussi te parler de cet ami de mon père qui...

Poseidon s'interrompit brutalement et détourna le regard – au grand étonnement d'Andie. Cela ne lui ressemblait pas d'être aussi mal à l'aise.

— Quelle importance ? reprit-il. Tu ne vois en moi que ce que tu veux bien voir. Et oui, je continue à penser que la vie n'est pas autre chose qu'une vaste plaisanterie. C'est pour essayer de mettre un peu d'ordre dans toute cette farce que mon entreprise finance autant d'œuvres de charité, et que je participe à des galas de collecte de fonds.

Le regard d'Andie s'attarda sur le dessin parfait du profil qu'il lui présentait. La tension était palpable dans la crispation de la mâchoire de Poseidon, et la façon dont il contractait les épaules. Toute rudesse avait disparu de sa voix, mais elle ne recelait pas non plus la moindre chaleur. Elle ne put s'empêcher d'en être mortifiée.

Peut-être s'était-elle montrée par trop injuste à son égard ? Quoi que l'on puisse lui reprocher, Poseidon ne méritait certainement pas qu'elle s'obstine à le bombarder de critiques acerbes. Tout cela, en fait, parce qu'elle avait du mal à accepter l'attirance qu'elle éprouvait pour lui.

Lui aussi a perdu des êtres chers, ne l'oublie pas.

Sans réfléchir, elle posa une main sur la cuisse d'airain.

— Je suis désolée, souffla-t-elle. J'ai parfois tendance à juger hâtivement.

— Vraiment ? Je ne m'en serais pas douté.

Manifestement, il se moquait d'elle. Mais sur un ton qui fit se demander à Andie si elle l'avait peiné, plus que vexé.

Après tout, qu'en avait-elle à faire ? Offenser les privilégiés de l'espèce de Poseidon, les choquer, n'était-ce pas ce à quoi elle s'employait depuis la mort de Chrissy ? Cependant, elle n'appréciait pas l'idée d'avoir chagriné Poseidon.

— Je sais que je ne devrais pas me comporter ainsi, fit-elle. C'est juste que... j'ai du mal à faire confiance aux hommes, en général. Jusqu'à aujourd'hui, je n'en ai pas rencontré un seul qui me fasse changer d'avis sur la gent masculine.

Poseidon tourna la tête vers elle, vrillant le regard au sien.

— Tu ferais mieux de ne pas placer tes espoirs en moi, petite sirène, dit-il. Je ne vaux pas mieux que mes semblables.

Il avait peut-être raison de la mettre en garde, songea Andie. Néanmoins, elle ne pouvait s'empêcher de repenser à son comportement lors de leur rencontre. Au lieu de lorgner sa nudité, il lui avait offert sa veste pour se couvrir. Ce que n'auraient pas fait la majorité de ses « semblables ». De même, il n'avait pas profité d'elle lorsqu'elle l'avait embrassé. Au contraire, c'était *lui* qui l'avait alertée sur les risques qu'elle courait.

— Si tu le dis..., fit-elle pensivement. En tous les cas, tu n'es pas le pire. Et crois-moi, je sais de quoi je parle.

Poseidon la dévisagea intensément. Les profondeurs céruléennes de ses prunelles étaient toujours animées de la même flamme.

— Je suis désolé pour ta sœur, Andromeda, dit-il à brûle-pourpoint. Perdre un être cher est un terrible drame.

Pendant une fraction de seconde, Andie sentit passer entre eux un courant de sympathie. La reconnaissance partagée de ce que représentait la perte d'un proche. Quelque chose se dénoua au tréfonds de son être. Puis elle prit conscience que ses doigts reposaient encore sur la cuisse dont elle percevait la musculature puissante à travers l'étoffe de prix. Elle fut traversée par l'envie soudaine de laisser sa main remonter jusqu'à une partie bien plus masculine de l'anatomie de Poseidon...

L'éclat des yeux fixés sur elle se fit plus intense. À croire que Poseidon lisait dans ses pensées.

— Oui, murmura-t-il, tu peux me toucher. Je ne mords pas.

Encore un coup de folie ! se révolta intérieurement Andie. Elle ferait mieux de mettre fin à ce contact sans attendre. Sauf que… elle en était incapable.

Ce fut alors que Poseidon lui souleva très doucement la main, pour la poser là où elle s'était imaginé le faire… Andie plaqua sa paume contre la fermeture Éclair, se délectant d'éprouver… tant d'incroyable fermeté. Poseidon la dévorait d'un regard de braise.

Allait-elle se laisser consumer par cet incendie ?

— Nous sommes arrivés, Monsieur.

L'onde de chaleur se retira d'Andie lorsqu'elle vit que la limousine était à l'arrêt. Elle fit un geste pour écarter sa main, mais Poseidon l'en enleva très calmement, comme si ce contact était parfaitement innocent – alors qu'il apportait la preuve indiscutable du désir qu'il éprouvait pour elle.

Avec une lueur torride dans le regard, il murmura :

— Alors, petite sirène, es-tu prête à montrer au monde entier combien tu es éprise de moi ?

6

Poseidon était certain qu'Andromeda finirait par avoir raison de lui. Et il n'aurait à s'en prendre qu'à lui-même. Après tout, il avait eu tort de lui prendre la main pour la poser là où tous deux avaient furieusement envie qu'elle se trouve.

Ce qu'il avait lu dans les deux lacs verts, où il aurait volontiers plongé, disait assez combien Andie le désirait. Poseidon avait suffisamment l'habitude de percevoir le désir chez une femme.

En tous les cas – et quand bien même elle était devenue cramoisie –, elle n'avait pas résisté, laissant sa main exercer une douce pression sur son sexe, lui rendant particulièrement difficile le simple fait de respirer. Or, voilà qu'il allait devoir s'extraire de la limousine en s'efforçant de dissimuler une érection des plus notables aux photographes à l'affût. Oh ! bien sûr, ce ne serait pas la première fois qu'il affrontait ce genre de situation. Habituellement, c'était plutôt à la sortie d'une boîte de nuit ou d'une fête, et non à l'entrée d'un gala de charité. Cela dit, ce ne serait pas la fin du monde si quelqu'un remarquait ce qu'il en était. On en tirerait des conclusions sur les sentiments qu'il portait à Andromeda, ce qui irait tout à fait dans le sens de leur petite comédie.

Parce que tu crois vraiment que c'est de la comédie ?

D'accord ! Il avait terriblement envie d'Andromeda. Il l'avait désirée à la seconde même où elle lui était apparue, dans le plus simple appareil. Dans un premier temps, les émotions qu'elle lui inspirait n'avaient eu d'autre fondement qu'une banale attraction physique. Ensuite, Poseidon avait découvert chez la délicieuse activiste d'autres choses qui l'attiraient, et qui n'avaient rien à voir avec sa beauté. Ce qui ne laissait pas de l'inquiéter.

En plus d'être une âme passionnée et fière, Andromeda s'était montrée capable de faire amende honorable lorsqu'il avait laissé percevoir combien il était blessé par son point de vue sur lui. Néanmoins, il aurait tout aussi bien pu couper court aux excuses qu'elle lui adressait. Après tout, elle n'avait pas tort : en dépit du drame survenu dans son enfance, Poseidon se devait d'admettre qu'il avait été passablement gâté par la vie.

Et puis, il y avait eu ce bref moment – quand il avait très sincèrement assuré Andromeda de toute sa sympathie pour la mort de sa sœur – où ils avaient communié dans la connaissance de ce que représente la perte d'un être cher.

Curieusement, Poseidon avait même été sur le point d'évoquer l'existence de Michel, alors qu'il n'avait pas pensé à cet homme depuis des années... Cela faisait si longtemps que celui-ci était sorti de sa vie, après lui avoir apporté l'aide dont il avait besoin pour prendre la tête d'Hydra Shipping – un soutien que son père lui aurait prodigué s'il était encore là.

Au début, Poseidon s'était réjoui de la présence à ses côtés de ce vieil ami de la famille. Puis il avait compris que Michel n'attendait pas que de la reconnaissance en échange de ses conseils. L'homme n'avait pas tardé à réclamer davantage. Il espérait... que son protégé se donne à lui...

Poseidon était très jeune, et innocent. Il tenait éperdument à l'approbation de Michel, autant qu'à sa protection. Aussi n'avait-il pas su comment refuser la relation sexuelle que son mentor réclamait avec une certaine insistance.

Une fois son désir satisfait, Michel avait totalement coupé les ponts. Plus jamais Poseidon n'avait eu de ses nouvelles.

Il s'était senti utilisé. Et tellement stupide d'avoir accepté… De s'être laissé aussi facilement manipuler, uniquement parce que son père lui manquait épouvantablement. Et aussi d'être affreusement blessé par la trahison de Michel.

À partir de ce moment-là, Poseidon avait décidé que plus personne ne compterait jamais dans sa vie – hormis sa grand-mère et son frère, bien sûr.

Il avait effacé de son esprit ce qu'il considérait comme une simple erreur de jeunesse. Pourquoi avait-il été sur le point de s'en ouvrir à Andromeda ? Il n'en avait jamais parlé à qui que ce soit, pas même à Asterion. Heureusement, il s'était arrêté avant d'aller trop loin dans les confidences sur un épisode qui était loin d'égaler le traumatisme causé par la perte de ses parents.

Les flashs crépitèrent lorsqu'il émergea de la limousine, puis se tourna pour tendre la main à Andromeda. Son joli visage était encore empourpré après ce qui venait de se passer entre eux. Elle rougit encore davantage quand leurs regards se rencontrèrent.

Cela suffit pour que Poseidon sente le sang bouillonner dans ses veines, tandis qu'une bouffée de désir le submergeait. Cependant, ils étaient exposés à la curiosité des journalistes, aussi se borna-t-il à tendre le bras à sa ravissante cavalière, laquelle y posa sa petite main en souriant aux photographes.

Poseidon ne parvenait pas à détacher les yeux d'Andromeda. Les appareils photo continuaient à les bombarder d'éclairs aveuglants, et il entendait vaguement des gens l'appeler par son nom, mais rien de tout cela ne retenait son attention. Sa « petite sirène » était incroyablement belle. Poseidon avait beau savoir que ses sourires n'étaient que faux-semblants, il s'émerveillait de les voir éclairer son visage.

Comme il aurait aimé la voir sourire sincèrement !

Et, surtout, en être la cause.

Une fois qu'ils furent arrivés en haut du perron, il prit la liberté d'enrouler son bras autour de la taille d'Andromeda pour l'attirer à lui. Après tout, n'était-ce pas ce qu'il était censé faire pour donner du crédit à son rôle d'amoureux transi ?

La première réaction d'Andromeda fut de se crisper. Puis elle sembla se souvenir qu'il lui fallait jouer le jeu et se laissa aller contre Poseidon. Il posa une main possessive sur sa hanche, se délectant d'éprouver la chaleur de la chair à travers la fine étoffe de soie. C'était une sensation grisante.

Ce qui ne va pas simplifier les choses. Tu le sais ?

La réception se tenait dans la salle principale du musée d'Histoire naturelle magnifiquement décorée pour l'occasion. Les arches de style roman étaient éclairées par des projecteurs de couleur bleue et rose, tout comme l'immense squelette de baleine suspendu en son centre, planant au-dessus de l'assistance. L'escalier monumental avait l'apparence d'une cascade de fleurs, lesquelles avaient été également disposées dans des corbeilles placées ici et là.

Les accents d'une musique raffinée se mêlaient au bourdonnement des conversations, tandis que serveurs et serveuses, vêtus de noir et blanc, circulaient dans la foule, proposant du champagne français de grande marque.

Les yeux écarquillés, la bouche entrouverte, Andromeda semblait au comble de l'étonnement devant un spectacle dont elle n'avait clairement pas l'habitude. Son expression différait tellement de la méfiance et la crânerie dont elle était coutumière que Poseidon marqua un temps d'arrêt.

C'est comme cela qu'elle devrait te regarder et te sourire !

Il en avait presque le souffle coupé. Andromeda n'était pas différente de toutes les femmes qui s'étaient succédé à son bras. Alors pourquoi accordait-il pareille importance à la voir lui sourire ? Tout comme il n'avait jamais espéré qu'une autre qu'elle pose sur lui ce genre de regard où se mêlaient émerveillement et admiration.

Ce serait certainement ainsi qu'elle le regarderait au lit, ses grands yeux verts arrondis, dans le ravissement étonné du plaisir qu'il lui donnerait...

Cette pensée se ficha dans son esprit, telle une écharde dont on ne peut se débarrasser. Il s'imaginait faisant glisser les bretelles sur les épaules pâles, la robe de soie tombant lentement au sol, révélant les seins ronds. Andromeda ne portait pas de soutien-gorge, aussi pourrait-il...

Quelqu'un l'appela, le ramenant à la réalité de l'instant. À contrecœur, Poseidon s'arracha à la contemplation du ravissant visage. Ce fut à grand-peine qu'il se consacra à son objectif de la soirée : présenter celle dont il ne tarderait pas à annoncer qu'elle était sa fiancée.

Il choisit pour interlocuteurs tous ceux qui étaient susceptibles d'apporter leur aide à la fondation d'Andromeda.

N'était-ce pas ce à quoi il s'était engagé ?

La manière dont elle abordait ces personnes n'appartenant pas à son monde était tout à fait intéressante à observer. Elle faisait preuve d'une amabilité chaleureuse, de toute évidence naturelle et authentique, qui tranchait spectaculairement avec la virulence de l'activiste plantée devant le siège social d'Hydra Shipping.

Pourquoi n'était-ce pas avec lui – et uniquement avec *lui* – qu'elle dispensait cette douceur attentive ? Poseidon en avait fait l'expérience un peu plus tôt, dans la limousine – lorsqu'ils avaient partagé ce moment de compréhension mutuelle –, et il ne demandait qu'une chose : en profiter continûment.

— Pourquoi me regardes-tu comme ça ? lui murmura Andromeda tandis qu'ils quittaient un groupe d'invités pour se diriger vers un autre.

— Parce que je ne te savais pas capable de sourire aussi aimablement, petite sirène.

Poseidon avait à nouveau posé la main sur la hanche de sa cavalière, et la façon dont la courbe épousait parfaitement sa paume n'eut aucun mal à le convaincre de l'y laisser.

Le regard oblique qu'Andromeda coula vers lui montrait sa méfiance.

— Je te vois venir, souffla-t-elle. Tu vas me reprocher de ne pas sourire plus souvent...

— Loin de moi cette idée ! Je crois que tu es encore plus ravissante quand tu es en colère.

Cet échange divertissait Poseidon, et il regretta de devoir l'interrompre pour présenter Andromeda à de nouvelles connaissances.

Il avait beau faire, son cœur s'obstinait à battre la chamade, et le sang courait dans ses veines avec un bouillonnement impétueux. La proximité d'Andromeda était si délicieuse ! Son parfum délicatement vanillé créait comme une aura autour d'eux, et la douce chaleur émanant de son corps souple le bouleversait. À tel point que Poseidon était incapable de se concentrer sur quoi que ce soit. C'était exaspérant !

Dire qu'il s'était toujours enorgueilli de sa maîtrise de lui-même ! Or, voilà que son self-control lui glissait entre les doigts. Et il n'avait pas beaucoup d'options pour remédier à cela. Soit mettre une distance de sécurité suffisante entre eux, soit... *La mettre dans ton lit ?*

Non ! Il était fermement résolu à ce que le sexe soit totalement exclu de leur relation. Il ne changerait pas d'avis !

Après une heure et demie passée à se torturer, à bout de nerfs, Poseidon entraîna Andromeda vers un divan libre, en partie dissimulé derrière des corbeilles fleuries.

— Attends-moi là, lui dit-il en désignant le siège de la main. Je vais te chercher à boire.

Suivant le regard d'Andromeda, Poseidon aperçut un photographe qui pointait son appareil vers eux. *Bon sang !* Une photo où on la verrait seule et abandonnée, au beau milieu de la réception, n'était pas exactement le but qu'ils recherchaient. Il s'empressa d'attirer à lui sa cavalière.

— Un photographe nous regarde, lui souffla-t-il à l'oreille. Profitons-en.

Le visage d'Andromeda s'empourpra, et elle leva vers lui des yeux dont il vit s'assombrir le vert lumineux.

— Alors, dit-elle, j'imagine que c'est comme cela que je dois te regarder, non ?

— Tout à fait.

Ce fut machinalement que Poseidon posa une main sur sa joue, comme il l'avait fait sur la terrasse de son appartement. Sous sa paume, la peau satinée était délicieusement tiède. Andromeda demeura immobile.

— Appuie-toi contre ma main, petite sirène, chuchota-t-il. Regarde-moi en ayant l'air d'être prête à me dévorer tout cru.

Elle obéit sur-le-champ à son injonction.

— Est-ce que tu vas m'embrasser ? s'enquit-elle.

Dans la voix d'Andromeda, Poseidon ne décela pas la moindre inquiétude.

— Oui, acquiesça-t-il. C'est l'occasion rêvée, non ?

Il aurait été bien en peine d'y résister.

Tu fais une énorme bêtise.

La petite voix dans sa tête ne le dissuada nullement d'aller plus loin. Après tout, n'était-ce pas le meilleur moyen de révéler la nature de leur relation à l'opinion publique ?

Sauf que tu en as beaucoup trop envie pour que ce soit raisonnable, et tu le sais bien.

Repoussant cette pensée importune, Poseidon inclina la tête et effleura des siennes les lèvres qu'Andromeda tendait vers lui. Son intention s'arrêtait là : un contact éphémère, pour le bénéfice d'un photographe.

Sauf qu'à l'instant précis où leurs bouches se rencontrèrent, ce fut comme si l'air autour d'eux s'embrasait, dans une conflagration aussi violente que lorsqu'on jette de l'essence sur des flammes.

Dans un soupir, Andromeda se cramponna aux revers de sa veste, et sa bouche s'ouvrit comme une fleur s'épanouit sous les rayons du soleil. C'était une sensation divine, et Poseidon était totalement incapable de ne pas tirer profit de l'occasion. Sa langue s'immisça entre les lèvres accueillantes. Il approfondit son baiser, goûtant, explorant, avec d'autant plus d'ardeur qu'Andromeda inclinait la tête en arrière afin de lui faciliter la tâche. Glissant les doigts dans la masse des cheveux de soie, il la retint plus fermement. Soudain, il était en proie à une faim dévorante, telle qu'il n'en avait jamais connu avec une autre femme.

Tu as tort de te laisser aller à pareille fièvre !

Pour autant que Poseidon ait entendu cette admonestation retentir dans son esprit, il ne put empêcher qu'elle soit balayée par un déferlement de désir. Andromeda se pressait maintenant contre lui avec une avidité identique à celle qu'il ressentait lui-même – le même besoin forcené que leurs deux corps ne fassent plus qu'un.

Il plaqua son autre main sur le postérieur ferme, de manière à souder son érection presque douloureuse à la douce chaleur qu'il percevait entre les cuisses fuselées.

Le parfum de vanille d'Andromeda était follement grisant.

Oubliant qu'ils étaient entourés d'une foule dense – et curieuse –, Poseidon continua à l'embrasser avec passion. Désormais, il n'était plus question de faire semblant. Le désir le plus impérieux s'était emparé de lui. S'il s'était écouté, il aurait plaqué Andromeda contre un mur puis, relevant sa robe, aurait insinué une main entre ses cuisses pour aller se repaître de la moiteur qu'il savait trouver à leur apex. Avant de plonger en elle, laissant enfin libre cours à la faim insatiable qui le taraudait. Et pourquoi pas, après tout ?

Peut-être que s'il finissait par prendre ce à quoi il aspirait tant, l'incendie s'éteindrait de lui-même ?

Poseidon sentit Andromeda frissonner quand ses doigts exercèrent une douce pression sur sa fesse, et elle creusa les reins pour mieux fusionner avec lui. Ce fut à cet instant que l'éclat d'un flash le ramena à la réalité.

S'obligeant à retirer la main qu'il avait glissée dans les boucles rousses, il releva la tête, plongeant le regard dans la profondeur des deux lacs verts. Il y lut les mêmes émotions que celles qui continuaient à faire rage en lui : la même voracité, la même frénésie.

Mentir, faire semblant, ce n'était plus possible.

— J'ai envie de toi, lâcha-t-il sans détour. Je veux te faire l'amour. Maintenant. Ici.

Andromeda tremblait comme une feuille. Elle haletait.

— Oui, souffla-t-elle. Oh ! oui ! Je t'en prie…

Toute logique avait abandonné Poseidon. Quelque part, il s'efforçait de se cramponner à l'idée que ce qu'il faisait était stupide – qu'il n'aurait pas dû toucher Andromeda. Cependant, il ne pouvait se défaire de l'idée que l'erreur était justement de se l'interdire. Que la seule manière de surmonter ce désir fou était de le satisfaire. Pour s'en débarrasser une bonne fois. S'écartant, il lui prit la main.

— Viens, suis-moi, fit-il.

Le cœur d'Andromeda battait la chamade. Pour un peu, elle aurait cru qu'il allait échapper à sa cage thoracique. Quant aux pulsations cuisantes entre ses cuisses, elle savait qu'une seule personne lui procurerait le moyen de les apaiser.

Lui !

D'accord, ce n'était pas une bonne idée. Pour tout dire, c'était la pire qui soit. Sauf que depuis l'instant où Andie avait posé la main sur la cuisse de Poseidon, dans la limousine, cette pensée n'avait cessé de l'obséder.

Jusqu'à présent, elle s'était tenue à l'écart de toute relation sexuelle. Volontairement. N'était-ce pas ce qui avait entraîné la perte de Chrissy ? Andie était fermement déterminée à empêcher tout homme d'avoir un tel pouvoir sur elle. C'était une décision qu'elle n'avait jamais regrettée jusqu'à ce jour. Sauf que maintenant…

Maintenant, elle se demandait si cela n'avait pas été un mauvais choix. Si elle avait connu une relation sexuelle antérieure, ne serait-ce qu'une aventure d'un soir, peut-être ne serait-elle pas autant à la merci de ses besoins physiques ?

Sentir la présence de Poseidon à ses côtés toute la soirée, la chaleur de sa grande main sur sa hanche, ou son bras autour de sa taille, l'avait pratiquement privée de toute capacité de réflexion. Certes, elle avait souri à quantité d'inconnus, leur avait été présentée, avait engagé la conversation, néanmoins elle aurait été bien en peine de dire de quels sujets ils s'étaient entretenus.

Une seule réalité avait existé au cours de cette soirée qui lui semblait relever de la pure chimère – et pourtant, cela lui donnait un aperçu de ce que sa sœur avait connu –, c'était ce que Poseidon représentait.

Et puis, il l'avait embrassée. Elle n'aurait pas dû le laisser faire. Elle aurait dû le repousser à la seconde où il l'avait touchée. Au contraire, elle avait accueilli son baiser, se laissant griser par le goût de ses lèvres sensuelles, par la chaleur de son corps, et l'évidence de son désir plaquée entre ses cuisses.

Aurait-elle eu la force de mettre un terme à cette folie s'il ne lui avait pas murmuré, d'une voix sourde, qu'il la désirait ?

Poseidon l'entraînait à sa suite, la tenant par la main, à l'écart de la grande salle où avait lieu la réception. N'était-ce pas le summum de la bêtise de se laisser mener ainsi, sans la moindre protestation ? Sauf qu'Andie désirait Poseidon aussi éperdument qu'il la désirait. De plus, elle allait enfin connaître ce qui avait conduit Chrissy à sa perte. Quelque part en elle, le besoin de vivre la même expérience que sa sœur lui interdisait de faire machine arrière.

Ce fut sans un mot qu'elle suivit Poseidon jusque dans un vestibule sombre, pas très éloigné de l'entrée principale du musée. Et elle ne protesta pas lorsqu'il la plaqua contre l'un des murs, à peine étaient-ils entrés.

Il la fixa d'un regard de braise, ses prunelles azur lançant des éclairs, tout en posant les mains de part et d'autre de sa tête, comme pour l'emprisonner entre ses bras ouverts.

— Tu dois me promettre de ne pas faire de bruit, dit-il.

Une attente fébrile faisait trembler Andie de la tête aux pieds.

— Oui, souffla-t-elle.

Puis elle se dit qu'il était juste qu'il soit informé de sa situation. Aussi ajouta-t-elle :

— Je... je n'ai jamais... jamais fait ça avant.

Poseidon fronça les sourcils.

— Quoi ? Tu n'as jamais fait l'amour dans un lieu public, c'est ça ?

— Non. Je n'ai jamais fait l'amour. Point.

Un instant, elle regretta cet aveu. Mais c'était trop tard.

Sous le choc, Poseidon ouvrit des yeux ronds, et il se figea.

— Oh ! Andromeda..., souffla-t-il.

Pour rien au monde Andie ne voulait qu'il interrompe ce qu'il avait commencé, aussi glissa-t-elle les mains sur ses pectoraux d'acier, le retenant en agrippant sa chemise.

— Montre-moi, murmura-t-elle. Je veux comprendre pourquoi ma sœur a suivi un homme jusqu'à y laisser la vie. Je veux découvrir ce que le sexe a de si extraordinaire pour que les gens soient prêts à se détruire pour ça.

Poseidon soupira.

— Cela ne devrait pas se passer ainsi, lâcha-t-il. Pas pour ta première fois…

Le bleu intense de ses prunelles était toujours éclairé par la même lueur incandescente qu'Andie y avait vue plus tôt.

— Pourquoi ? demanda-t-elle. N'est-ce pas à *moi seule* de juger du moment où je veux perdre ma virginité ?

— Oui, tu as raison.

Levant une main, Poseidon fit passer une mèche égarée derrière l'oreille d'Andie. Ce faisant, il lui effleura la joue, et cela suffit à la faire frissonner. Puis il prit entre pouce et index la bretelle gauche de sa robe, avant d'ajouter :

— Tu peux me dire d'arrêter quand tu le souhaites.

Lentement, il fit descendre la bretelle sur son épaule, sans cesser de vriller son regard au sien. Andie sentit l'étoffe glisser, révélant son sein nu. À nouveau elle fut parcourue d'un irrépressible frisson. Elle avait la sensation que sa peau, enflammée, était tendue à l'extrême.

— Que c'est beau ! s'extasia Poseidon dans un murmure à peine audible.

Du bout des doigts, il suivit le galbe du sein, avant de venir en titiller délicatement le mamelon. Ce contact avait quelque chose d'électrisant, et Andie fut traversée par une décharge violente qui la fit gémir et se cambrer contre le mur. Son exclamation résonna dans l'étroit espace.

— *Chut*, susurra Poseidon sans cesser de la soumettre à la même divine torture. Il y a du monde, pas loin.

En effet, Andie entendait le brouhaha des conversations, émaillé de rires intermittents. Tout proches. On risquait de les surprendre à n'importe quel moment. Cependant, au lieu que cette éventualité la mette mal à l'aise, cela ne faisait qu'ajouter à l'excitation courant dans ses veines, accélérant les battements désordonnés de son cœur, exacerbant les pulsations effrénées au creux de ses cuisses.

— Poseidon, s'il te plaît..., chuchota-t-elle en se cramponnant à sa chemise pour l'attirer plus près.

Il ne se fit pas prier davantage pour lui donner ce qu'elle désirait tant : sa bouche. Capturant la sienne en un baiser torride, il y mit tellement de passion qu'Andie eut l'impression qu'elle allait prendre feu. Tout en l'embrassant, il fit courir une main tout le long de son flanc, pour aller retrousser la robe, remontant la jupe de plus en plus haut.

Tu es en train de commettre une terrible bévue ! Vas-tu te laisser prendre contre un mur, pendant une soirée de gala ?

Cette pensée tournoya un instant dans l'esprit enfiévré d'Andie, avant de s'évaporer aussi vite qu'elle y était entrée. Quelle importance, tout cela ! songea-t-elle. Elle n'avait jamais rien désiré aussi intensément qu'elle désirait Poseidon. Aussi ne fit-elle même pas mine de protester lorsqu'il finit de remonter la robe jusqu'à sa taille, pour insinuer une main entre ses cuisses. Les longs doigts s'immiscèrent sous le tissu humide de sa culotte, et il entreprit de la caresser. Andie sentait un feu liquide sourdre de sa féminité qui palpitait d'un délicieux tourment. Lorsque Poseidon titilla le bourgeon ultrasensible, elle se mordit la lèvre pour retenir un cri.

— Non, murmura-t-il à son oreille, crie si tu en as envie, petite sirène. Je veux t'entendre gémir, supplier...

S'inclinant pour reprendre possession de ses lèvres, Poseidon explora sa fleur intime, caressant les pétales moites et brûlants du bout des doigts, qu'il enfonça bientôt en elle.

Andie gémit contre ses lèvres, tandis qu'il faisait monter inexorablement sa jouissance. Jusqu'au moment où les doigts habiles firent quelque chose qui déclencha en elle un spasme incoercible, la jetant contre lui, secouée de convulsions, émettant de petites plaintes spasmodiques dans sa bouche.

La clouant au mur, Poseidon l'entoura de toute sa force et sa chaleur tandis que le plaisir se répercutait dans les moindres cellules du corps d'Andie, la faisant tressaillir follement, encore et encore. Lorsque les tremblements s'apaisèrent, il s'écarta pour prendre son portefeuille dans sa poche et en extraire un préservatif, dont il s'équipa avec dextérité. Ensuite, il lui prit une jambe, passa la main sous son genou, et la noua autour de sa taille.

Andie ne parvenait pas à détacher les yeux des prunelles indigo qui lançaient des éclairs. Tout son corps était tendu dans l'attente de ce qui allait venir. Elle sentit que Poseidon s'introduisait très doucement en elle, lentement, petit à petit, tandis qu'elle savourait la sensation exquise de son propre corps se dilatant pour mieux l'accueillir. L'expérience était censée s'accompagner d'un moment de douleur – en tout cas, c'était ce que Chrissy lui avait décrit –, pourtant Andie n'éprouvait rien de tel. Juste un incroyable ravissement.

Jamais elle ne se serait imaginé accepter qu'un homme prenne possession d'elle, de son corps ; sauf que tout était différent de ce qu'elle s'était imaginé, grâce à Poseidon. Avec lui, tout était extraordinaire.

Sur le visage incliné vers elle, Andie lisait des émotions tellement intenses qu'elle était presque certaine qu'ils partageaient le même émerveillement, dans ce moment d'intimité incomparable.

Personne ne l'avait jamais regardée de cette manière.

— Poseidon..., murmura-t-elle pour le simple bonheur de prononcer son prénom.

D'une voix rauque, dans ce qu'elle s'imagina être du grec, il balbutia à mi-voix quelque chose qu'elle ne comprit pas. Puis, lui soulevant davantage la jambe, il s'enfonça plus profondément en elle, créant entre eux une communion tellement parfaite qu'Andie en eut le souffle coupé. Pendant quelques secondes, Poseidon demeura immobile, comme s'il se contentait du contact de leurs deux corps soudés.

Son visage était plus beau que jamais, dépourvu de l'ironie pince-sans-rire du play-boy qu'il se plaisait à incarner. Il n'y avait plus qu'un homme qui la regardait avec une insatiable passion.

Andie était maintenant certaine qu'il ne disait pas la vérité en prétendant que rien ni personne n'avait d'importance à ses yeux. Quand il soutenait mordicus que la vie n'était qu'une immense plaisanterie. Comment croire qu'un homme habité par une telle passion pouvait être insensible ? Comment s'imaginer qu'il ne ressentait aucune émotion, quand ce qui brillait dans son regard apportait la preuve du contraire ?

Il finit par se mettre en mouvement, tout doucement d'abord, dans un balancement du bassin qui faisait naître d'irrépressibles frémissements dans tout le corps d'Andie. Cramponnée à ses épaules, les ongles plantés dans l'étoffe de la veste, elle sentait la spirale du plaisir s'enrouler de plus en plus étroitement au tréfonds de son être, la conduisant inexorablement vers le précipice.

— Andromeda..., souffla-t-il d'une voix sourde, haletante. *Asteri mou !*

Accélérant le rythme de ses assauts, il continua à vriller son magnifique regard à celui d'Andie, et elle avait l'impression de basculer dans ces insondables profondeurs azurées. Il lui donnait un plaisir inouï, la soumettant aux coups de boutoir magistraux de son bassin contre le sien, allant et venant en elle.

Éperdue, Andie se sentait de plus en plus incapable de ne pas crier. Comme s'il en était conscient, Poseidon inclina une nouvelle fois la tête pour capturer sa bouche, tout en glissant une main entre eux, à l'endroit où leurs deux corps étaient joints.

Il lui prodigua des caresses qui finirent par faire exploser une myriade d'étincelles au plus profond de son être. Andie lâcha un cri inarticulé dans la bouche de Poseidon, à l'instant où la jouissance la submergeait.

Alors, Poseidon reprit ses charges fougueuses, jusqu'au moment où il enfouit son visage dans la chevelure amassée sur l'épaule d'Andie et jouit à son tour.

Pendant de longues minutes, elle ne put que demeurer dans sa chaleur, écoutant les échos des conversations dans la salle de réception, attentive aux dernières vibrations du plaisir dans son corps fourbu.

Cependant, elle n'oubliait pas les confidences de Chrissy, laquelle lui avait souvent répété que lorsqu'un homme avait obtenu ce qu'il attendait, la femme ne présentait plus aucun intérêt à ses yeux. Ce qui ne laissait pas de faire naître en elle un léger sentiment de panique.

C'était totalement ridicule, se morigéna Andie en son for intérieur. Poseidon pouvait bien ne plus jamais lui adresser la parole, ce n'était pas son problème. N'était-ce pas *elle* qui avait obtenu ce qu'elle attendait de *lui*, plutôt que l'inverse ?

Elle se préparait à s'écarter avant qu'il en prenne l'initiative, lorsqu'elle sentit la grande main se poser sur sa joue pour lui faire lever la tête.

— Tu vas bien ? demanda-t-il. Je ne t'ai pas fait mal ?

Une étrange émotion noua la gorge d'Andie, sans qu'elle en comprenne vraiment la nature. Néanmoins, cela lui donnait le sentiment d'être vulnérable, et elle n'aimait pas ça.

— Non, répondit-elle sur un ton qu'elle espérait désinvolte. Je vais bien.

Malgré tout, Poseidon ne cessait de la sonder du regard. Du pouce, il caressa délicatement la pommette d'Andie.

— Viens, souffla-t-il. Je veux passer la nuit avec toi.

La bouche soudain sèche, Andie déglutit avec peine. D'après

Chrissy, ce n'était pas ainsi que les choses se déroulaient habituellement.

La prenant par le menton, Poseidon plongea dans le sien un regard brûlant.

— Cela fait une semaine que tu ne quittes pas mes pensées, petite sirène. Cinq minutes contre un mur ne vont pas suffire à me guérir de toi.

La franchise avec laquelle il avait dit cela, et la gravité de son regard touchèrent profondément Andie. Comment était-il possible qu'il la désire à un tel point ?

— Je croyais que nous avions décidé qu'il n'y aurait rien de sexuel entre nous.

— Je sais. Mais accorde-moi juste une nuit, Andromeda.

— Pourquoi ? Pourquoi moi ?

Pendant quelques interminables secondes, Poseidon la contempla sans mot dire, la dévorant du regard.

— J'aimerais pouvoir répondre qu'il ne s'agit que d'une banale alchimie sexuelle..., dit-il. Mais c'est surtout parce que je n'ai jamais rencontré de femme aussi passionnée que toi. Et j'ai besoin que pour au moins une nuit, cette passion me soit consacrée.

Une nouvelle fois, sa franchise laissa Andie interdite. Elle ne s'était pas attendue à cela, et elle avait envie de faire preuve de la même sincérité avec lui.

Sauf que tu ferais mieux d'être prudente, ma fille ! Tu ne veux pas finir comme Chrissy, n'est-ce pas ?

Rien de tel ne lui arriverait. Poseidon ne demandait rien de plus qu'une nuit avec elle. Quel mal y avait-il à cela ?

Une fois qu'elle aurait exploré tous les ressorts de ce qui avait valu à sa sœur de devenir accro au sexe – en plus d'autres choses –, Andie tournerait les talons.

— C'est d'accord, fit-elle en se laissant aller contre Poseidon. Moi aussi, j'en ai envie. Emmène-moi chez toi.

7

Les lustres monumentaux de la fastueuse salle Europe du casino de Monte-Carlo faisaient resplendir tout autant l'or des plafonds et des fresques que les bijoux des élégantes dans la foule. Le vaste salon résonnait des conversations animées, du cliquetis des tables de roulette, des appels des croupiers, et des exclamations des joueurs.

Adossé au mur, près d'une table de black-jack, Poseidon promenait un regard satisfait sur l'assistance. Mais c'était avant tout la femme à ses côtés qui retenait son attention.

Ce soir, Andromeda portait un fourreau dont la coupe fluide s'inspirait du style vestimentaire de la Grèce antique, et qu'il avait pris grand plaisir à choisir pour elle. Comme il l'avait imaginé, la soie couleur d'or pâle était l'écrin parfait pour sa peau diaphane et mettait merveilleusement en valeur le feu de sa chevelure, dont la masse était rassemblée sur le sommet de sa tête, laissant seulement s'échapper quelques boucles artistement disposées. Elle avait tout d'une déesse !

Le désir le submergea, comme cela avait été le cas si souvent depuis qu'ils avaient passé une nuit ensemble, deux semaines auparavant.

Andromeda l'obsédait. Encore plus depuis qu'elle avait révélé entre ses bras tant de choses qu'il n'avait fait que soupçonner. Elle était passionnée, insatiable, curieuse de tout. À l'instant même où ils s'étaient dit au revoir, au matin de cette nuit d'amour, Poseidon avait eu la certitude qu'il ne saurait se satisfaire de ce trop bref intermède.

Il lui fallait davantage.

Peut-être aurait-il été préférable qu'il s'abstienne de lui faire l'amour contre un mur de ce vestibule sombre, le soir de leur première sortie commune ? Et ce, d'autant plus qu'Andromeda était vierge. Mais il avait trop envie d'elle pour se contrôler.

Il avait apprécié qu'elle lui avoue sa totale innocence. Tout comme il avait été sensible au fait qu'elle affirme que c'était à elle *seule* de choisir quand et avec qui elle perdrait sa virginité. Pour des raisons qui lui appartenaient en propre, Poseidon accordait une importance toute particulière à la notion de consentement.

Bref, qu'il ait eu raison ou tort de coucher avec Andromeda, il ne regrettait rien. Bien au contraire !

La vision des grands yeux verts qui s'écarquillaient, émerveillés, sous le choc du plaisir qu'elle éprouvait à le sentir en elle demeurerait un moment d'apothéose dans l'esprit de Poseidon. Tout comme il n'oublierait pas la sensation divine ressentie à se glisser dans l'étroit fourreau dont la moiteur disait assez combien elle était prête à le recevoir. Et lorsqu'il avait étouffé dans sa bouche les cris d'extase d'Andromeda, c'était tout juste s'il était parvenu à garder le contrôle et à ne pas jouir en même temps qu'elle.

Il n'avait jamais connu rien de pareil. *Jamais !*

Comment allait-il parvenir à ne pas négocier une nuit supplémentaire avec elle ?

Certes, ils étaient convenus que cela n'arriverait pas. Mais se l'interdire ne faisait qu'attiser le feu qui couvait en lui. La logique ne voulait-elle pas qu'alimenter cet incendie, jusqu'à ce qu'il n'y ait plus rien à brûler, soit la meilleure option ?

Aussi Poseidon avait-il décidé de tout mettre en œuvre pour

séduire Andromeda. C'était avec cet objectif qu'il avait organisé une brillante soirée de collecte de dons pour La Maison de Chrissy – une soirée dont le faste et le retentissement ne pourraient que faire tomber toutes les défenses de sa petite sirène.

Son service de relations publiques avait déployé des trésors d'ingéniosité pour mettre sur pied l'événement dans un délai aussi court. La magnifique soirée, au sein du très luxueux casino de Monte-Carlo, serait destinée à recueillir des fonds pour l'œuvre créée par Andromeda, tous les gains obtenus ce soir-là lui étant attribués.

Dans un premier temps, lorsque Poseidon lui avait exposé son projet, Andromeda s'était montrée réticente. Que des jeux d'argent servent à remplir les caisses d'une association vouée à lutter contre toutes les addictions, ne serait-ce pas envoyer un mauvais signal ? avait-elle argumenté. Ce à quoi il avait opposé que les riches participants à ce prestigieux événement ne manqueraient certainement pas de rajouter des dons substantiels aux gains obtenus, ne serait-ce que pour soulager leur conscience.

En dépit du cynisme de cette remarque, Andromeda n'avait pu qu'admettre qu'il était certainement dans le vrai.

Contrairement à ce que Poseidon avait redouté, elle n'avait émis aucune objection concernant la robe, ni l'hôtel de luxe dans lequel il avait décidé de descendre – en réservant, bien évidemment, des chambres séparées.

En revanche, elle avait refusé de voyager dans son jet privé, prétextant devoir régler certaines affaires personnelles avant de le rejoindre à Monaco. Et, puisqu'il tenait à payer pour son voyage, elle avait insisté pour que ce soit en classe économique. Poseidon n'avait pas protesté. Après tout, si elle préférait voyager dans l'inconfort, cela la regardait.

C'était dans le hall de l'hôtel qu'ils devaient se rejoindre, pour se rendre ensemble à la soirée au casino. Lorsque Andromeda avait paru, resplendissante dans cette robe de déesse, il avait eu le souffle coupé. Elle lui avait souri, avec l'air d'être aussi heureuse de le revoir qu'il l'était lui-même de la retrouver. Et il avait eu l'impression que la terre s'arrêtait de tourner.

Curieusement, la planète n'avait toujours pas repris sa marche, pour autant que Poseidon pouvait en juger !

Pour l'heure, une coupe de champagne en main, Andromeda contemplait la foule éblouissante. Son joli visage portait encore les signes de l'excitation qu'elle avait éprouvée en jouant à la roulette – et en gagnant une jolie somme –, sous la direction de Poseidon. Il était clair qu'elle s'y était beaucoup amusée, même si elle ne l'aurait reconnu pour rien au monde.

— Tu t'amuses bien ? s'enquit-il, penché sur elle.

Andromeda leva vers lui un regard pétillant.

— Oh ! oui ! souffla-t-elle. Je sais que j'étais sceptique sur ton initiative, mais c'est bien plus formidable que je ne l'imaginais. Et puis, tout cet argent qui va remplir les caisses de La Maison de Chrissy…

Ses lèvres délicieuses s'incurvèrent en un sourire radieux.

— Je te remercie, Poseidon, ajouta-t-elle.

Il perçut quelque chose d'étrange dans sa poitrine, comme si son cœur se serrait… Mais il vit deux photographes occupés à les mitrailler, aussi repoussa-t-il cette sensation qu'il ne reconnaissait pas. Passant un bras autour de la taille d'Andromeda, il l'attira à lui.

Surpris par la raideur qu'elle lui opposait, il observa son expression. Elle ne lui retourna pas son regard. Très pâle, elle fixait un point dans la foule, près de la table de black-jack.

L'étau autour du cœur de Poseidon se resserra douloureusement.

— Qu'y a-t-il ? demanda-t-il, alarmé. Tu es livide.

Elle baissa le regard sur le verre entre ses mains.

— Rien, fit-elle.

— Ne me mens pas, Andromeda. On dirait que tu as vu un fantôme.

Lorsqu'elle secoua la tête en signe de dénégation, il l'attira plus près de lui, tout en s'arrangeant pour les faire se tourner de manière qu'il la dissimule aux regards de l'assistance.

— Dis-moi ce qui se passe, insista-t-il à mi-voix. Tu sembles bouleversée.

Après quelques secondes de mutisme, Andromeda leva le regard vers lui.

— Pourquoi est-ce que tu fais tout cela ? Je veux dire, pourquoi avoir organisé cet événement ? J'imagine que nous aurions pu assister ensemble à un tas d'autres réceptions, sans que tu aies besoin d'orchestrer tout ce… *tralala*, juste pour mon compte.

Poseidon aurait mis sa main à couper que ce n'était pas là ce qui préoccupait Andromeda. Il était clair qu'elle avait vu quelqu'un, ou quelque chose, qui l'avait chamboulée. Mais si elle n'était pas prête à s'en ouvrir à lui, il préférait ne pas l'interroger plus avant.

— Je croyais que tu t'amusais bien, se contenta-t-il de dire.

— C'est vrai, mais… tu t'es déjà engagé à parrainer La Maison de Chrissy après notre mariage, alors…

D'un geste de la main, elle désigna la salle.

— Alors, reprit-elle, tout cela était inutile.

— Je sais. Je ne vais pas te mentir, et prétendre que je n'avais pas d'arrière-pensée.

Le visage d'Andromeda reprit un peu de couleur, et Poseidon en fut rassuré. D'autant plus qu'il vit briller dans les prunelles vert d'eau une lueur dans laquelle il retrouvait le tempérament de feu de sa petite sirène.

— Mais bien sûr ! fit-elle. Comment ne me suis-je pas doutée que tu avais quelque raison cachée ! Une raison dont, je suppose, tu ne vas pas tarder à me faire part, n'est-ce pas ?

Poseidon darda son regard sur Andromeda. Il était parfaitement conscient des effets qu'avait sur lui le fait de la tenir presque enlacée. La chaleur de son corps et son parfum suffisaient à provoquer son érection. Il ne pensait qu'à une chose : l'entraîner jusqu'à leur hôtel, et se repaître encore une fois de ce corps délectable. Cela faisait deux semaines qu'il en rêvait. Tout à coup, il n'en pouvait plus de jouer la comédie.

— C'est facile à deviner, non ? fit-il. Je veux une autre nuit avec toi, Andromeda.

Cette fois, le ravissant minois s'empourpra.

— Et tu avais besoin de tout ça…, juste pour me mettre dans ton lit ?

Haussant un sourcil, il demanda :

— Ça te paraît excessif ?

Après l'avoir dévisagé quelques secondes, Andromeda sembla se radoucir. Il vit les lèvres sensuelles s'incurver en une ébauche de sourire.

— Tu aurais pu tout simplement me le demander. Cette mise en scène était inutile. Tu t'es donné tellement de mal…

— Juste parce que tu aimes porter de belles toilettes. Ne nie pas ! Je sais que c'est vrai. Et tu en as le droit, tu sais. Ça ne signifie pas que tu vas obligatoirement prendre le même chemin que ta sœur. Tu ferais mieux de profiter de ta soirée. Non seulement c'est pour la bonne cause, mais en plus ça ne peut que servir notre petit scénario, tu ne crois pas ?

Toute tension s'évapora de l'expression d'Andromeda, et elle le gratifia de l'un de ses magnifiques sourires.

— J'imagine que, présenté ainsi, il n'y a pas à protester, dit-elle.

— J'espère que ça signifie : « Oui, Poseidon, je serai ravie de passer une nuit de plus avec toi. »

— Tu avais pourtant parlé d'une seule nuit, non ?

— Certes ! Mais tu m'as donné tant de plaisir, petite sirène, que je ne peux pas résister à renouveler l'expérience.

Levant sa coupe de champagne, Andromeda prit lentement une gorgée, avec l'air de réfléchir, puis elle dit :

— D'accord, si tu...

Venant de derrière eux, une voix l'interrompit :

— Andie ? C'est bien toi ?

Poseidon vit le visage d'Andromeda se vider instantanément de toute couleur et ses yeux lancer des éclairs.

— Simon, fit-elle d'une voix atone. Que diable fais-tu là ?

Il fallut à Andie un incommensurable effort sur elle-même pour parvenir à se maîtriser. Lorsqu'elle avait cru apercevoir Simon près de la table de black-jack, elle avait voulu se persuader que c'était seulement une vision. L'homme s'était volatilisé après la mort de Chrissy. Il n'était même pas venu à son enterrement. Andie avait été tellement en colère qu'elle n'avait même pas cherché sa trace.

Comment était-il possible qu'elle le retrouve à cette soirée ? Certes, il avait des relations dans le beau monde, mais connaissait-il Poseidon ?

Planté derrière celui-ci, il la regardait avec ce sourire qu'elle avait autrefois jugé si séduisant. Aujourd'hui, le voyant sanglé dans son smoking froissé, elle se demandait ce qu'elle avait bien pu lui trouver. La vie désordonnée qu'il menait avait fini par creuser des rides autour de ses yeux et sa bouche. Il avait quelque chose de... malsain.

Une colère sourde envahit Andie. Elle avait envie de l'insulter, de lui jeter au visage ce qu'il restait dans son verre. Sauf qu'elle ne pouvait pas se livrer à ce genre de démonstration au beau milieu d'une salle pleine de gens en train de s'amuser et de verser des sommes considérables au profit de La Maison de Chrissy.

À son grand désespoir, les larmes lui montèrent aux yeux.

Simon souriait bêtement, l'air de ne pas comprendre ce qui n'allait pas.

— Waouh ! fit-il. Tu es superbe, ma chérie. Je me suis souvent demandé ce que tu devenais. Tu ne veux pas m'accompagner à...

— Andromeda ne vous accompagnera nulle part, l'interrompit Poseidon d'une voix ferme. Ainsi, c'est vous, le fameux Simon... Si j'ai bien compris, c'est votre faute si Chrissy a pris de la drogue, le soir de la fête sur mon yacht.

Simon était devenu blême.

— Poseidon Teras, je suppose, dit-il d'une voix blanche. Ravi de vous rencontrer. Je suis Simon Winchester.

Il tendit une main que Poseidon ne fit même pas mine de prendre, et Andie fut frappée par la différence notable entre les deux hommes. Certes, tous deux étaient riches et séduisants. Cependant, l'un était le personnage le plus fondamentalement égoïste qu'il lui eût été donné de rencontrer, tandis que l'autre était... bien plus protecteur qu'il ne reconnaissait l'être. Plus attentif aux autres, plus foncièrement gentil qu'il ne le savait lui-même.

Les regardant à tour de rôle, elle se demandait comment elle avait pu se figurer une quelconque ressemblance entre eux.

— Qui vous a laissé entrer ? demanda sèchement Poseidon.

— Un ami m'a invité, répondit nerveusement Simon.

Un simple geste de la main de Poseidon suffit pour que plusieurs agents de sécurité se matérialisent autour d'eux.

— Peu importe ! déclara-t-il. À vous de voir si vous préférez partir de votre plein gré, ou vous faire raccompagner.

Il marqua une pause, adressant à Simon un sourire carnassier, avant d'ajouter :

— Et s'il vous prenait l'envie d'importuner Andromeda une nouvelle fois, y compris par téléphone, SMS ou e-mail, je me ferai un devoir de vous tailler en pièces personnellement.

Ce fut un choc pour Andie de constater que Poseidon prenait

sa défense, et la protégeait. Quand bien même elle s'était toujours jugée capable de s'occuper de ses affaires toute seule, elle ne lui était pas moins reconnaissante de la mettre à l'abri d'une confrontation directe avec l'ignoble Simon.

— Seriez-vous en train de me menacer ? fulmina celui-ci.

— C'est tout à fait cela, pauvre imbécile ! rétorqua Poseidon. Libre à vous de faire appel à la police, si le cœur vous en dit. Je ne doute pas que ces gens-là s'intéressent à certaines de vos pratiques douteuses, dont je les informerai.

Simon se préparait manifestement à poursuivre cette joute oratoire, mais Poseidon sembla se lasser. D'un nouveau geste, il intima aux vigiles de prendre les choses en main, et Simon fut discrètement escorté jusqu'à la sortie.

Puis, se tournant vers Andie, il la prit par le bras et l'entraîna vers un petit salon, tout aussi luxueux que la salle de jeu mais, fort heureusement, presque vide.

— Est-ce que ça va ? lui demanda-t-il en la guidant vers l'un des canapés. Si j'avais su qu'il se montrerait, j'aurais donné des instructions pour qu'on ne le laisse pas entrer.

Posant sa coupe de champagne sur une table d'appoint, Andie prit une inspiration saccadée.

— Ça va, fit-elle. C'est juste que je ne m'attendais pas à le voir et j'ai eu un choc.

— Est-ce pour cela que tu es devenue si pâle, tout à l'heure ?

Ainsi, il avait remarqué, s'étonna Andie *in petto*. Après tout, cela ne la surprenait pas outre mesure. Poseidon n'était-il pas attentif à tout ce qui la concernait ?

— Oui, souffla-t-elle. Cela faisait des années que je ne l'avais pas revu. Il n'est même pas venu aux obsèques de Chrissy. Il s'est tout simplement évaporé.

Andie leva les yeux au ciel, avant d'ajouter :

— Dire que je le trouvais incroyablement séduisant !

De nouveau, elle marqua un temps d'arrêt. La gorge serrée,

elle songea qu'elle ne s'était jamais confiée à personne sur ce que Simon avait représenté pour elle.

— J'enviais tellement Chrissy ! lâcha-t-elle comme si elle ouvrait des vannes. Elle avait réussi à attirer l'attention de ce type sensationnel qui la couvrait de cadeaux. Il l'emmenait dans tout un tas de fêtes, la faisait voyager dans des pays de rêve, connaître des expériences excitantes... Ce n'est que plus tard que j'ai découvert la vérité et appris que Simon l'avait initiée à la drogue. Qu'il la *prostituait* auprès de ses amis.

— Je ne mentais pas quand j'ai dit que j'étais prêt à mettre la police au courant de ses méfaits, déclara Poseidon d'un ton ferme. Plus qu'une menace, c'était une promesse.

Cette affirmation ne suffit pas à débarrasser Andie du poids pesant sur sa poitrine.

— Ce n'était pas seulement *lui*, le problème, objecta-t-elle. Plutôt le fait que Chrissy en était follement amoureuse. Elle lui obéissait au doigt et à l'œil. J'avais beau la mettre en garde contre les dérives dans lesquelles il l'entraînait, elle ne m'écoutait pas. Elle me répétait que j'étais seulement jalouse du bon temps qu'elle prenait avec Simon.

Au moment où Andie s'y attendait le moins, Poseidon prit ses mains dans les siennes. Leur chaleur était tellement réconfortante !

— Quel âge avais-tu à la mort de Chrissy ?

— Quinze ans.

Le contact des grandes mains faisait naître des frissons dans tout son corps, et Andie ferma les yeux.

— Est-ce que tu t'es reproché de ne pas l'avoir sauvée ?

— J'ai essayé d'en parler à ma mère. Mais elle ne m'a pas écoutée. Pour elle, Chrissy était en train de réussir sa vie.

— Tu as fait ce que tu as pu. Ta sœur avait fait de mauvais choix, et tu ne peux pas t'en tenir pour responsable.

Les larmes montèrent aux yeux d'Andie. Elle se refusa à

les laisser couler. Cependant, elle éprouvait comme jamais le besoin de se confier, d'exposer ses doutes et ses peurs.

— J'étais la seule à me rendre compte qu'elle glissait sur la mauvaise pente, dit-elle. Mais personne ne m'écoutait. Et à la fin, j'ai renoncé... Je ne savais plus quoi faire !

Lui lâchant les mains, Poseidon l'attira contre lui. Elle ne protesta pas. C'était incroyablement rassurant d'être dans ses bras. Andie avait l'impression qu'elle était à l'abri de tout – même un ouragan, ou un raz-de-marée.

— Tu as fait le maximum, assura-t-il de nouveau. Personne n'est responsable des choix de Chrissy. La seule chose que l'on peut maîtriser, c'est ceux que l'on fait soi-même.

Il a raison. Et tu ferais mieux d'accepter cette idée.

Allait-elle continuer indéfiniment à battre sa coulpe pour tout ce qu'elle n'avait pas été en mesure de faire ? s'interrogea Andie *in petto*.

— J'imagine que tu dis vrai.

Poseidon leva une main vers elle pour faire passer une boucle de cheveux derrière son oreille.

— Est-ce pour cela que tu t'interdis tous les plaisirs de la vie ? s'enquit-il. Par peur de trop ressembler à Chrissy ? Ou pour te punir de ne pas l'avoir sauvée d'elle-même ?

Encore une fois, Poseidon lisait en elle comme à livre ouvert, et elle fut submergée par le sentiment de sa propre vulnérabilité. Cependant, elle n'eut pas le temps de détourner la tête, car il avait pris son menton entre ses doigts. Il planta dans le sien un regard dont le bleu s'était assombri.

— Tu aimais profondément ta sœur, *asteri mou*, dit-il. Mais il ne sert à rien de te torturer avec l'idée que les choses auraient pu être différentes pour elle. Profite de ce que la vie peut t'offrir, petite sirène.

Sans qu'elle comprenne véritablement ce qui se passait en elle, Andie sentit s'envoler le poids sur sa poitrine. Poseidon disait juste : il était inutile de ressasser des choses sur lesquelles elle n'avait aucun pouvoir. De plus, il ne se trompait pas : c'était pour se punir qu'elle s'interdisait tant de choses.

Y compris lui-même ! Cela fait partie de la punition.

Ce qui n'empêchait pas que la peur ait aussi une part dans l'affaire. L'intensité de ce qui la liait à Poseidon pourrait aisément la rendre dépendante si elle n'y prenait pas garde.

Andie avait eu beau se forcer à repousser les images de la nuit qu'ils avaient partagée, elle n'y était pas parvenue. Le souvenir de la sensation des grandes mains sur son corps, celui du plaisir inouï que Poseidon lui avait donné continuait à la hanter.

Tout cela avait créé en elle un besoin qu'elle avait cherché à faire taire en repoussant le moment où ils se retrouveraient – c'était ce qui lui avait fait refuser de voyager dans son jet privé, plutôt qu'autre chose.

Mais à peine l'avait-elle aperçu dans son superbe smoking, au milieu du hall de l'hôtel, que les mêmes pulsations obsédantes s'étaient ranimées entre ses cuisses.

Levant une main, Andie enfonça les doigts dans les cheveux de jais et murmura :

— Tu demandais une nuit de plus ? Alors, pourquoi pas ce soir ?

Puis elle attira la tête de Poseidon pour souder ses lèvres aux siennes.

8

L'île resplendissait comme un joyau, au beau milieu des flots azurés de la Méditerranée, tandis que l'avion entamait sa descente vers la piste d'atterrissage.

Comme chaque fois qu'il reprenait pied dans le petit royaume, Poseidon était fébrile. Tandis que le jet roulait en direction du terminal, il se tourna vers Andromeda. Elle regardait par le hublot. À son annulaire brillait l'énorme saphir qu'il lui avait offert, après l'avoir demandée en mariage, lors de leur séjour à Milan.

Ces quelques jours en Italie avaient représenté l'apogée de la campagne médiatique qu'il avait orchestrée de main de maître après la soirée à Monte-Carlo. La presse ne cessait de s'extasier sur la cour assidue à laquelle il soumettait « l'inconnue à la crinière de feu ». D'ailleurs, Dimitra lui avait fait savoir qu'elle était particulièrement contente de lui.

La suite de la soirée au casino avait – hélas ! – apporté la preuve à Poseidon qu'une nuit supplémentaire avec sa « petite sirène » ne suffirait pas à calmer les appétits qu'il entretenait à son égard.

À sa grande surprise, elle n'avait pas émis d'objection quand il lui avait demandé de renouveler l'expérience. Au final, Andromeda avait passé davantage de nuits dans son lit que de soirées à son bras, en public.

Selon toute logique, il aurait dû voir ses pulsions satisfaites. Il n'en était rien !

C'était à croire que plus il jouissait de ce corps de rêve, plus il en était avide. Tout le contraire de son intention initiale ! Chaque fois qu'il posait les mains sur Andromeda, il s'embrasait comme un fétu de paille.

Vivement qu'ils soient mariés, pensa-t-il, et que chacun reprenne sa route de son côté.

Andromeda tourna vers lui un visage radieux.

— C'est magnifique, Poseidon ! s'émerveilla-t-elle.

— Pas étonnant que des flots de touristes envahissent l'île chaque été, observa-t-il avec autant de désinvolture qu'il en était capable.

Le jet s'immobilisa, et il bougea impatiemment sur son siège. Le regard qu'Andromeda posait sur lui se fit plus pénétrant.

— Qu'est-ce qui te rend nerveux ? s'enquit-elle.

Il avait appris à la connaître, et il savait qu'elle était capable de ce genre de perspicacité. Elle avait le chic pour le pousser dans ses retranchements, lui posant des questions auxquelles il n'était pas prêt à répondre. Elle ne se livrait pas à de tels exercices lorsqu'ils étaient au lit. Non, là, ils étaient trop absorbés par le plaisir qu'ils se donnaient l'un à l'autre pour perdre du temps en bavardages. Mais en d'autres circonstances, elle balayait d'un revers de main les propos badins que Poseidon affectionnait, insistant pour des conversations sérieuses – ce à quoi il était rarement disposé.

— Le stress du mariage, j'imagine, répondit-il d'un ton léger. Je suis d'un tempérament angoissé.

— Ce n'est pas l'impression que tu m'as donnée jusqu'ici. Est-ce la rencontre avec Dimitra qui te préoccupe ?

— Je me fais toujours du souci au sujet de Dimitra, petite sirène. Allez, viens, nous sommes arrivés.

Incapable de demeurer immobile un instant de plus, Poseidon

se leva et lui tendit la main. Elle la prit en le gratifiant d'un regard montrant qu'elle n'était pas dupe.

Il faisait un temps magnifique, et la route qu'ils prirent jusqu'à sa villa – proche de la merveille architecturale d'Asterion – serpentait à travers le paysage enchanteur des collines.

Tandis qu'il passait divers appels pour régler les derniers détails de la cérémonie à venir, Andromeda semblait fascinée par la vision qui s'offrait à elle. Le spectacle des flots bleus s'écrasant contre les falaises, en contrebas, était à couper le souffle. Après de longues minutes, ils atteignirent sa villa aux murs blanchis à la chaux et aux tuiles rouges – bien plus traditionnelle que la construction de verre et d'acier de son frère. La vaste habitation était entourée d'une oliveraie et de vignes dont un personnel fidèle et attentif prenait grand soin en son absence. Laquelle était quasi permanente.

Non pas que le lieu recèle des souvenirs douloureux. Il l'avait fait construire après le départ de Michel. Néanmoins, tandis que la voiture approchait, Poseidon fut assailli par une sensation de malaise qui lui noua la gorge.

Profitant de devoir s'occuper des problèmes survenus pendant qu'il était loin, il confia Andromeda à l'un des membres du personnel chargé de lui faire découvrir le domaine. Poseidon savait qu'elle ne s'en offusquerait pas.

Plus tard dans l'après-midi, lorsqu'il ne trouva plus matière à se laisser accaparer par des tâches prétendument urgentes, il finit par se résoudre à la rejoindre à l'extérieur de la villa, et il la découvrit qui flottait sur le dos au milieu de la grande piscine à débordement.

Les derniers rayons du soleil balayaient d'or et de rose son corps parfait, et embrasaient la masse de sa chevelure autour de sa tête. S'il s'était écouté, Poseidon aurait plongé pour aller la débarrasser de son minuscule bikini vert, l'emporter jusque sur l'une des chaises longues, et se perdre en elle.

Après tout, c'était peut-être ce qu'il allait faire...

— Tu m'as évitée toute la journée, lui lança-t-elle tandis qu'il commençait à se dévêtir. Je ne doute pas que tu aies besoin de te consacrer à tout un tas de choses, mais il n'en reste pas moins que tu as mis une belle application à me fuir.

Un peu choqué, Poseidon se demanda si sa démarche avait été à ce point évidente.

— Pourquoi diable aurais-je fait ça ? s'indigna-t-il. Tout ce à quoi j'ai pensé, c'est à te faire l'amour sur l'une de ces chaises longues.

— Quelque chose te préoccupe, et tu n'as pas envie que je te tire les vers du nez. Je le sais.

Une fois nu, Poseidon plongea, appréciant la fraîcheur bienfaisante de l'eau. Andromeda flottait toujours sur le dos, aussi la rejoignit-il à la nage.

— Il y a tant de choses plus intéressantes que parler, murmura-t-il en l'attirant à lui.

Sans protester, elle noua les bras sur sa nuque et vint se plaquer à lui. La chaleur de sa peau était un délicieux contraste avec la fraîcheur de l'eau.

— Je connais bien, maintenant, ta façon d'écarter les sujets qui te dérangent, dit-elle. Soit tu plaisantes d'un air désinvolte, soit tu t'efforces de détourner mon attention en parlant de sexe. Comme en ce moment.

Glissant une main dans le dos d'Andromeda, Poseidon dénoua le soutien-gorge du bikini.

— Je reconnais que j'aime beaucoup plaisanter, répliqua-t-il. Et faire l'amour est bien plus agréable que discuter, non ?

— Ah, oui, j'oubliais que la vie n'est qu'une immense plaisanterie ..., souffla-t-elle en le laissant dénuder sa poitrine. C'est ta théorie, non ?

Andromeda souda ses seins nus à son torse et Poseidon sentit le sang affluer vers son bas-ventre.

— Ce n'est pas mon opinion, ajouta-t-elle.

Le regard qu'elle plantait dans le sien semblait vouloir le transpercer jusqu'à l'âme.

— Tu as raison, acquiesça-t-il. Tout n'est pas matière à plaisanter. Par exemple, ton corps divin...

— Poseidon..., l'interrompit-elle d'un ton réprobateur.

Il sentit tous ses muscles se contracter. Malgré ses efforts, se relaxer lui était impossible.

— Pourquoi tiens-tu tellement à ce que nous parlions ? demanda-t-il.

— Parce que je vois bien que tu me caches quelque chose.

La douce chaleur de ce corps souple contre lui, l'obstination enjôleuse d'Andromeda, tout cela allait finir par lui faire perdre la tête. S'il n'y prenait pas garde, il en viendrait à lâcher des révélations auxquelles il n'était pas prêt. Michel appartenait à un passé qu'il n'avait aucune intention de voir resurgir. Il s'écarta d'Andromeda, observant la façon dont les lumières de la villa se reflétaient sur sa peau de satin.

— Tout cela n'est pas la réalité, Andromeda, dit-il avec un geste large de la main. Notre relation n'a rien de réel. Nous ne sommes pas *ensemble*, hormis au lit. Alors, je ne suis pas tenu de te faire la moindre confidence.

C'était d'un ton dur que Poseidon avait martelé ces paroles. Pour qu'Andromeda comprenne qu'il y avait certaines lignes rouges qu'elle ne devait pas franchir.

Elle se contenta de le dévisager comme si elle était capable de voir par-delà les murs qu'il avait érigés autour de lui. À croire qu'elle savait que, par le passé, il n'avait été qu'un gamin stupide se laissant déstabiliser par quelque chose qui n'en valait pas la peine.

— De quoi as-tu tellement peur ? demanda-t-elle.

La tension qui habitait Poseidon était à son comble. Il aurait dû sortir de cette fichue piscine, se dit-il. Aller expulser toute sa fébrilité dans sa salle de sport, jusqu'à épuisement. Pourtant, il n'en fit rien.

— Je ne vois pas de quoi tu parles, répondit-il.

Il ne doutait pas qu'Andromeda avait perçu la façon dont sa voix sonnait creux. Elle posa sur lui un regard empli d'une tendresse qui le mit encore plus mal à l'aise.

— Est-ce que tu as seulement quelqu'un à qui te confier, Poseidon Teras ? s'enquit-elle. Quelqu'un à qui parler ?

— J'ai mon frère, répondit-il en haussant les épaules.

— On a tous besoin de pouvoir parler sans détour à quelqu'un en qui on met une entière confiance. Tu peux t'ouvrir à moi de ce qui te préoccupe. Je ne te trahirai pas.

— Je ne vois pas en quoi mes soucis pourraient te concerner. Si tant est que j'en aie !

— Vers la fin, Chrissy avait beau protester que tout allait bien pour elle, je *savais* qu'elle était malheureuse. Hélas, je n'avais personne à qui confesser mon inquiétude !

Poseidon était à deux doigts de s'emporter. De tempêter qu'il n'avait rien de commun avec sa sœur. Avec cette oie blanche qui s'était laissé manipuler par un type plus vieux qu'elle, suffisamment retors pour la mener par le bout du nez.

Son histoire à *lui* était différente !

Alors, pourquoi ne pas tout dire à Andromeda ?

Qui cherches-tu à protéger ?

Certainement pas lui-même ! Il n'avait nul besoin de protection, car il était tout sauf vulnérable. Pourtant...

— Ce n'est pas grand-chose, dit-il. Mais si je le raconte, en échange, promets-moi que nous ferons l'amour sur une chaise longue...

Sans un mot, Andromeda soutint son regard. Puis il la vit plonger les mains dans l'eau. Lorsqu'elle les ressortit, ce fut pour jeter sur le bord du bassin le bas du bikini qu'elle avait ôté. Ensuite, elle croisa les bras et attendit.

— C'était il y a longtemps, commença Poseidon. J'avais à peine vingt ans. Un ami intime de mon père était devenu mon mentor, à la mort de celui-ci. Il s'appelait Michel. C'était un homme d'affaires, et il m'avait assisté tandis que je reprenais les rênes d'Hydra Shipping. Son soutien et ses conseils comptaient beaucoup pour moi.

Poseidon s'interrompit pour déglutir. Les mots avaient du mal à franchir ses lèvres.

— Je voyais en lui un père, reprit-il. Mais de son côté, ce n'était pas un fils qu'il cherchait. Il avait... d'autres attentes.

Le visage d'Andromeda était impassible. Poseidon s'en réjouit. Il n'aurait pas supporté sa compassion.

— À un moment, enchaîna-t-il, il m'a dit que si je ne lui donnais pas ce qu'il espérait, il me tournerait le dos. J'avais terriblement besoin de lui. J'ai cédé... Ce qui n'a pas empêché qu'il coupe tout contact avec moi ensuite. J'étais très jeune, et particulièrement stupide. Sa trahison m'a énormément blessé. Aujourd'hui, je m'en moque. C'est oublié.

— Si c'est le cas, pourquoi es-tu autant stressé ?

C'en était assez ! Poseidon s'approcha et la prit dans ses bras, rasséréné par le contact de sa nudité.

— Je ne suis pas *stressé*, protesta-t-il. C'est juste que j'ai terriblement envie de toi.

Andromeda plaqua les mains sur ses pectoraux. Bien qu'elle ne cherche pas réellement à le repousser, elle maintenait une certaine distance entre eux.

— Et cet homme ? dit-elle en plantant le regard dans le sien. Avais-tu envie de lui donner ce qu'il réclamait ?

Une petite flamme combative s'alluma au tréfonds de l'âme de Poseidon. C'était une question qu'il avait toujours refusé de se poser... Au début, après l'accident qui avait emporté ses parents, le laissant accablé de chagrin, Michel lui avait apporté l'affection dont il avait tant besoin. Il l'aimait comme un père de substitution, et son approbation lui était essentielle.

Aussi, quand les allusions avaient commencé – quand Michel avait insinué que son jeune protégé pouvait lui rendre son affection... *autrement* –, Poseidon n'avait pas compris. Devant l'insistance de son aîné, la lumière avait fini par se faire dans son esprit. N'ayant pas ce genre d'inclination sexuelle, il avait repoussé les avances de Michel.

Ce dernier ne s'était pas avoué vaincu pour autant. Poseidon était tellement beau, avait-il argué, qu'il n'y avait rien d'étonnant à ce qu'il suscite son désir. Et puis, ce serait une seule fois, avait-il promis. Après cela, il le laisserait tranquille. Quand Poseidon avait obstinément refusé, Michel avait pleurniché : après tout ce qu'il avait fait pour lui, Poseidon pouvait bien lui accorder une relation d'une nuit ! Cela ne changerait rien entre eux, avait-il certifié.

« Tu peux bien faire plaisir à un vieil ami ? » avait-il imploré. « Ce n'est pas grand-chose. Juste du sexe... »

Poseidon n'avait pas voulu le blesser. À contrecœur, il avait accordé à Michel ce qu'il réclamait. En essayant de se convaincre qu'il s'agissait d'un épisode anodin, que cela ne changerait rien entre eux... Sauf que Michel lui avait menti ! Il s'était évaporé sur-le-champ, ne lui adressant plus la parole.

— Quelle importance que j'en aie eu envie ou pas ? fulmina-t-il. Au bout du compte, cela n'a fait aucune différence, non ?

Dans les prunelles vertes, Poseidon vit des flammes s'allumer.

— Bien sûr que ça a de l'importance ! martela Andromeda. Si tu n'étais pas consentant, cela veut dire que tu as été victime d'agression sexuelle, Poseidon. C'était un *viol* ! Quand bien même tu as accepté cette relation, c'était sous la contrainte. Cet homme a abusé de toi !

Les paroles prononcées par Andromeda étaient comme autant de flèches acérées se plantant dans le cœur de Poseidon.

Comment qualifier cela d'agression sexuelle ? N'avait-il pas accepté la relation ? Il ne s'était pas débattu. Michel ne l'avait pas frappé. Certes, il n'avait pris aucun plaisir à l'acte. Surtout parce que cela ne correspondait pas à son orientation sexuelle, mais aussi parce qu'il n'avait jamais imaginé Michel sous un tel jour.

Tu oublies qu'ensuite, tu t'es senti affreusement souillé. Utilisé. Tu as voulu te persuader que tout cela ne comptait pas, mais c'était un mensonge. Cela fait des années que tu te mens à toi-même, mon pauvre vieux !

Poseidon repoussa cette pensée, agrippant Andromeda aux épaules.

— Arrête ! lança-t-il. C'est de l'histoire ancienne.

Comme si cela pouvait suffire à calmer une femme du genre d'Andromeda ! se dit-il après coup.

— Ma sœur a été également victime d'abus, insista-t-elle. Simon était plus vieux qu'elle, et il l'a manipulée. Elle avait beau être amoureuse, ce qu'il l'a obligée à accepter n'était pas ce qu'elle souhaitait. Ni la drogue, ni les autres hommes…

— Je n'ai jamais rien eu de commun avec ta sœur !

— Ce type était ton aîné, Poseidon. Un homme d'affaires puissant. Il t'a manipulé comme Simon l'a fait avec Chrissy.

Prenant une inspiration, Poseidon réalisa qu'il y avait en lui quelque chose de glacé depuis ce jour où il était rentré chez lui en quittant Michel. Quelque chose que toute l'eau brûlante qu'il avait déversée sur sa tête – dans la douche où il avait passé une heure – n'avait pas pu dissiper. Et il avait eu beau frotter, cela n'avait pas suffi à ce qu'il se sente propre.

Le lendemain, il s'était risqué à appeler Michel. Ne lui avait-il pas promis que leur relation reprendrait son cours normal ? Sauf qu'il était tombé sur son répondeur, et que son mentor n'avait jamais donné suite au message qu'il avait laissé. Ni à ses e-mails ni à ses SMS. Et lors de ses visites à son domicile, il avait été éconduit par un domestique.

Michel avait rompu tout contact, sans que Poseidon sache pourquoi.

Faut-il que tu sois naïf ! Tout ce qu'il voulait, c'était ton corps. Tu ne représentais rien d'autre à ses yeux.

— Je pense que nous avons fait le tour du sujet, déclara-t-il. Il est temps d'honorer ton engagement, petite sirène.

L'étreinte de Poseidon avait quelque chose d'une punition, songea Andie. Ses prunelles étincelaient comme deux éclats de saphir. Tout en lui était d'une dureté d'airain. À commencer par son sexe brûlant contre son ventre. Il avait beau prétendre que rien n'avait d'importance à ses yeux, ce n'était qu'une armure sous laquelle il dissimulait sa vraie nature.

Maintenant, elle comprenait pourquoi il avait tant besoin de cette carapace. Parce qu'une personne à laquelle il avait accordé sa confiance l'avait utilisé et trahi.

Andie bouillonnait de rage.

— Il est mort ? demanda-t-elle. Ce type. Est-ce qu'il est mort, ou bien est-ce qu'on peut encore aller le débusquer dans le trou où il se cache ? Dans ce cas, je lui envoie la police !

La mâchoire de Poseidon se crispa.

— Il est mort, souffla-t-il. Et ça n'a plus d'importance.

C'était entièrement faux ! Il n'était qu'à voir la tension qui continuait à l'habiter. Celle qu'Andie avait perçue dès l'instant où leur avion avait touché le sol.

Désormais, elle savait pourquoi Poseidon avait autant de mal à se retrouver sur cette île. Il ne pouvait qu'être assailli par les souvenirs. On n'effaçait jamais son passé ! Pour affronter le sien, Andie avait fait de sa vie une croisade.

La façon dont Poseidon enfonçait les doigts dans la chair de ses flancs était presque douloureuse, mais elle ne protesta pas. Il prit sa bouche avec une intensité farouche, avant de s'écarter brusquement pour se hisser sur le bord du bassin. Ensuite, il lui attrapa les mains, et la fit sortir de l'eau. La soulevant dans ses bras, il la porta jusqu'à une chaise longue.

Lorsqu'il s'allongea sur elle, la clouant aux coussins, Andie caressa son dos musclé, se délectant du contact de sa peau.

— Je suis désolée, dit-elle. Je n'aurais pas dû te pousser à me raconter tout ça. C'était juste… pour t'aider.

Poseidon se redressa, plantant le regard dans le sien.

— Tu ne peux pas aider tout le monde, Andromeda, dit-il. Ni secourir l'humanité tout entière, comme tu essaies de le faire avec ta fondation, pour compenser le fait que tu n'as pas réussi à sauver Chrissy d'elle-même. Et ne va pas croire que je suis une nouvelle cause à défendre ! Dans quelques jours, nous serons mari et femme, mais notre histoire s'arrêtera là.

Depuis l'instant où Andie avait accepté l'idée de ce mariage, il avait été clair que leurs chemins se sépareraient ensuite. Combien de temps après ? Ils n'en avaient pas vraiment discuté. Elle était persuadée que cela lui importait peu. Entendre Poseidon évoquer cette réalité aussi brutalement l'affectait à un point qu'elle n'aurait pas imaginé.

Est-ce que, par hasard, tu aurais des sentiments pour lui ? Ce n'était pas prévu au programme !

Elle repoussa cette idée avec force.

— Je n'ai aucune intention de faire de toi une nouvelle cause à défendre, dit-elle. Je cherchais juste à te réconforter.

Pendant quelques secondes, Poseidon demeura silencieux.

— Je suis sérieux, Andromeda, finit-il par murmurer. Notre histoire arrive à son terme. Le couple n'est pas pour moi.

En son for intérieur, Andie se demanda si elle s'était trahie. Avait-elle laissé paraître que leur séparation prochaine la chagrinait plus que cela n'aurait dû être le cas ? Elle s'apprêtait à rassurer Poseidon mais ce furent deux questions qu'elle lança, se prenant elle-même par surprise.

— Pourquoi ? À cause de ce qu'il s'est passé avec *lui* ?

Poseidon afficha l'un des sourires dont il avait le secret, cependant Andie ne put ignorer ce qu'il avait d'artificiel.

— Absolument pas, répondit-il. Même si j'ai au moins appris une chose grâce à Michel. À savoir qu'il vaut mieux ne tenir à rien ni à personne. C'est une erreur funeste que je ne suis pas près de répéter. Maintenant, passons à autre chose.

Il ne leur restait que peu de temps à passer ensemble, et Andie n'avait nulle envie de gâcher ces précieuses minutes en discussions probablement stériles.

Mieux valait attirer Poseidon à elle pour capturer sa bouche, comme elle s'empressa de le faire, en un baiser dont la passion disait assez qu'il lui importait peu qu'ils soient ou non en couple, tant qu'il était encore prêt à lui faire l'amour.

Il lui écarta les cuisses d'une main impérieuse, et elle hissa son bassin vers lui, nouant les jambes autour de ses reins, s'offrant au plaisir qu'il lui donnait. Car, déjà, il la pénétrait en une longue poussée.

Il la prit avec frénésie, plongeant en elle avec des coups de reins puissants, sans cesser de dévorer sa bouche, laissant libre cours à une sorte de sauvagerie désespérée dont Andie savait qu'il n'y cédait jamais ailleurs qu'entre ses bras. Une folie furieuse qu'elle accueillit en caressant la musculature puissante de son dos de ses mains apaisantes.

Poseidon insinua une main au creux de ses cuisses, lui arrachant des hoquets de plaisir tandis qu'elle se cambrait contre lui, le regard vrillé aux prunelles dont les profondeurs azurées étaient pareilles à un ciel tempétueux.

Elle avait douloureusement conscience d'être en train de

se départir de quelque chose d'essentiel, sans trop savoir de quoi. Ce fut seulement lorsqu'un orgasme foudroyant déferla en elle qu'elle comprit avec horreur que c'était à son propre cœur qu'elle venait de renoncer.

9

Plantée devant le miroir en pied, dans le salon de la villa, Andromeda s'observait dans la robe de mariée en soie blanche choisie par Poseidon. Elle était magnifique !

Cependant, le curieux sentiment de possession qu'il éprouvait à la contempler le mettait mal à l'aise. De plus, il ne cessait d'être tenaillé par une nervosité qui l'empêchait de se concentrer, et qui n'avait pas lieu d'être. Après sa confession de la veille, il aurait dû se sentir apaisé. Or, il n'en était rien.

Raconter ce qui s'était passé avec Michel avait eu le même effet que lorsqu'on arrache un pansement d'une plaie mal cicatrisée. Poseidon ne s'était jamais confié sur cet épisode. Non pas qu'il en ait éprouvé de la honte. Il considérait avoir seulement commis une erreur de jugement en accordant à Michel une confiance que celui-ci ne méritait pas.

Voyons, tu sais bien que ce n'est pas juste cela !

Sentant ce désagréable malaise s'insinuer de nouveau en lui, il le repoussa impitoyablement, comme il savait si bien le faire. N'y avait-il pas quinze ans qu'il s'y employait ?

Pour l'instant, l'essentiel était qu'Andromeda mette de côté la batterie de questions qu'elle semblait avoir en réserve. Il ne leur restait plus que quelques jours à passer ensemble, et il n'était pas question que ces moments soient gâchés par d'inutiles arguties sur un passé révolu.

— Je me demande si une retouche ne serait pas nécessaire, déclara-t-elle en tripotant un pli du tissu, sur sa hanche.

Non ! Aucune retouche n'était requise. La robe était absolument parfaite, mettant merveilleusement en valeur les formes sensuelles d'Andromeda. Le bustier de soie était brodé de minuscules diamants, tout comme la jupe vaporeuse, qui donnait l'impression qu'une myriade d'étoiles s'y était déposée. Avec ses boucles de feu cascadant sur ses épaules opalescentes, Andromeda avait tout d'une déesse. *Sa* déesse !

Tu oublies qu'elle ne t'appartient pas…

Tout au plus se risquerait-il à exiger une nuit de noces. Après quoi, chacun s'en irait de son côté.

S'approchant d'Andromeda, il contempla longuement son reflet dans le miroir.

— C'est parfait ! fit-il. Ne change rien.

Il vit le charmant visage se colorer de rose, mais le regard qui rencontra le sien, dans le miroir, était résolument frondeur.

— Tu ne devrais pas me voir dans ma robe de mariée avant le grand jour.

— Ce serait le cas s'il s'agissait d'un véritable mariage, répliqua Poseidon, en la faisant tourner pour mieux l'admirer.

— Comment ça va se passer après la cérémonie ? Nous n'en avons pas reparlé…

Se plaçant derrière elle, Poseidon la prit par les hanches – il ne se lassait pas de la toucher – et haussa les épaules.

— Comme je te l'ai dit, nous devrons jouer le jeu pendant ce qui sera censé être notre lune de miel. Mais avant cela, j'ai des projets pour la nuit de noces…

— Oh… Es-tu à ce point certain que je t'en accorde une ?

Une décharge d'électricité le parcourut. À croire qu'il supportait mal la perspective qu'Andromeda se refuse à lui. Il caressa de ses lèvres le cou gracile, la faisant frissonner.

— Tu envisages vraiment de me dire non ? demanda-t-il. En es-tu seulement capable ?

— Tu sais bien que non, Poseidon Teras !

— Eh bien, je compte tirer parti de cette incapacité...

Une nouvelle fois, il déposa un baiser fugace sur l'épiderme délicat, puis redressa la tête. Dans le miroir, leurs regards se rencontrèrent. Dans celui d'Andromeda, il lut une vulnérabilité qui lui coupa le souffle.

— Autour de moi, dit-elle, c'était Chrissy qu'on considérait comme un être exceptionnel. Elle était tellement plus belle, plus intelligente que moi... Je n'étais pas jalouse, comme elle le croyait. C'est juste que j'avais envie d'être aussi merveilleuse qu'elle. Grâce à toi, Poseidon, j'y suis parvenue. C'est *toi* qui as fait que je me sente, enfin, *spéciale*.

Poseidon demeura figé, cloué sur place. Il avait l'habitude que les femmes lui disent combien elles le désiraient, combien il leur donnait du plaisir... Jamais aucune ne l'avait remercié de se sentir sensationnelle grâce à lui.

— Je n'ai rien fait d'autre que t'offrir quelques robes de soirée, et t'emmener à une poignée de réceptions, souffla-t-il.

Pivotant sur elle-même, Andromeda soutint son regard.

— Il ne s'agit pas de cela. Ni même du sexe, bien que ça en fasse partie. C'est juste *toi*. La façon dont tu m'écoutes. Dont tu tiens compte de ce que j'aime ou pas. Tu m'as présentée à tout un tas de gens qui seront utiles à ma fondation. Parce que tu sais que rien n'est plus important pour moi que La Maison de Chrissy ...

Les yeux verts le fixaient avec une intensité presque dérangeante. Poseidon eut envie de la détromper.

— Si j'ai fait tout cela, c'était juste pour me soumettre aux diktats de Dimitra, dit-il. Je te rappelle que, entre nous, il ne s'agit que d'un arrangement commercial.

— Peut-être... Mais un autre que toi se serait contenté

de me donner de l'argent. Il n'aurait pas pris la peine de me défendre devant Simon. Ni de m'écouter m'épancher en me tenant la main…

Poseidon haussa les épaules.

— Tu oublies que ma seule motivation était de te mettre dans mon lit, rectifia-t-il. Rien de plus.

La voyant secouer la tête, il se cramponna à cette idée : tout ce qu'il avait fait n'avait d'autre but que de convaincre Andromeda de coucher avec lui. Point !

— Je te prenais pour un double de Simon, et je me trompais, dit-elle. Tu n'as rien de commun avec lui. Tu es tout ce qu'il ne sera jamais : quelqu'un de bien.

— J'ai horreur qu'on me mette sur un piédestal, petite sirène. Je ne suis pas fait pour cela.

Entre ses paupières mi-closes, Andromeda le transperça de son regard vert. Puis elle murmura :

— Tu es conscient que ce n'était pas ta faute, non ?

La question déstabilisa Poseidon.

— De quoi parles-tu ? s'enquit-il.

Comme s'il avait besoin qu'elle soit plus précise !

— Tu n'étais responsable de rien, Poseidon, souffla-t-elle.

Levant une main, Andromeda lui caressa la joue, et elle se hissa sur la pointe des pieds pour déposer un très doux baiser sur ses lèvres. Incapable de supporter ne serait-ce que l'infime distance les séparant, Poseidon l'attira contre lui. Et ce n'était pas pour lui faire sentir l'évidence de son désir. Il avait besoin de sa chaleur, de son parfum, de la douceur de son corps. Étreindre Andromeda lui paraissait soudain être le plus extraordinaire bonheur auquel il puisse aspirer.

Elle avait passé les bras autour de sa taille, et sa tête pesait sur son buste, étrangement lourde. Poseidon avait l'impression que c'était cette frêle petite femme qui l'ancrait solidement dans la réalité du moment. Il ferma les yeux, déposant un baiser sur la chevelure de feu. Quelque chose bougea en lui, comme la dernière pièce d'un puzzle se mettant en place.

En lui avouant que, grâce à lui, elle était parvenue à prendre confiance en elle – à se sentir *spéciale*, comme elle le disait –, Andromeda lui avait fait un inestimable cadeau. Ou plutôt, c'était *elle* qui était un cadeau. Tout à coup, il éprouvait le besoin de lui en faire un en retour.

— J'avais terriblement besoin de l'approbation de Michel, commença-t-il d'une voix voilée. Asterion était le préféré de mon père. J'avais beau faire, je n'existais pas à ses yeux. Avec Michel, c'était différent. Il se montrait tellement fier de moi... Enfin, c'était ce que je croyais. Jusqu'à ce que je comprenne ses véritables intentions. Alors, lorsqu'il a brutalement coupé les ponts, j'ai cru que c'était *moi* qui avais fait quelque chose de mal. Que je l'avais déçu...

— Tu étais trop jeune, et trop innocent, pour comprendre qu'il t'avait manipulé, murmura Andromeda contre son torse.

Avec le recul, il savait qu'elle disait vrai. Pourtant, cela ne pouvait en aucun cas remédier à la vulnérabilité que la trahison de cet homme avait créée en lui. Car il aimait sincèrement Michel, même si c'était d'un amour purement filial.

L'amour ! Ce n'était que trahison et souffrance !

Dans ses bras, Andromeda demeurait silencieuse, et c'était exactement ce dont il avait besoin. Quelqu'un qui se contente de l'étreindre affectueusement. Sans commentaire.

— Je n'ai jamais raconté cela à personne, reprit-il. Ni à Asterion ni à Dimitra. Je me sentais... souillé. Quand je suis rentré chez moi, après cette nuit, j'ai passé plus d'une heure à me savonner sous la douche. Le pire a été de réaliser que Michel n'en avait rien à faire de moi. Alors que j'étais suffisamment imbécile pour continuer à l'aimer...

Fermant les yeux, Andie nicha son visage contre le roc des pectoraux. Les pierreries de la robe exerçaient une pression presque douloureuse sur son buste, mais elle n'avait pas envie de s'écarter. Poseidon l'enlaçait étroitement, comme s'il ne supportait pas l'idée de la laisser s'éloigner.

Lorsqu'il l'avait surprise en train de s'admirer dans la robe de mariée, elle avait été sur le point de lui annoncer qu'elle ne coucherait plus avec lui. Sans justifier cette décision, car la seule raison véritable – et qu'elle n'avouerait pour rien au monde – était sa crainte de finir par tomber amoureuse.

Et puis, il l'avait embrassée dans le cou, enserrant sa taille de ses grandes mains chaudes, et il était devenu impossible à Andie de déclarer qu'elle ne voulait plus qu'ils fassent l'amour.

Ensuite, Poseidon avait commencé à parler de Michel, comme il était clair qu'il ne l'avait jamais fait avec personne – pas même avec son jumeau. Et elle n'avait pu retenir ses larmes, qu'heureusement elle parvenait à dissimuler en nichant le visage contre lui. Car cette confession était une sorte de… *oui*, de cadeau qu'il lui faisait.

Poseidon lui offrait une part de lui-même.

Cesse de croire que cela signifie quelque chose de particulier. Tu es déjà bien plus accro que tu ne l'imaginais !

Mais comment penser que l'entendre se confier ainsi était anodin ? Poseidon révélait des épisodes douloureux de sa vie intime, d'une voix tellement âpre que l'effort qu'il faisait était clairement perceptible.

Alors, *évidemment*, cela voulait dire quelque chose ! Ne pas l'admettre serait stupide.

Il serait temps que tu regardes la vérité en face, ma petite ! Tu es bel et bien amoureuse…

À vrai dire, cela faisait fort longtemps qu'elle éprouvait les plus tendres sentiments pour Poseidon. Cela avait même peut-être commencé avec l'épisode de la veste de costume.

Lorsqu'il lui avait manifesté un respect à l'opposé de ce qu'elle attendait d'un homme dans son genre.

Cependant, il ne s'autoriserait jamais à tomber amoureux. Michel avait irrémédiablement altéré sa vision de l'amour. Par conséquent, mieux valait qu'elle lui cache ses sentiments. Et tant pis si elle devait souffrir.

— Tu étais tout sauf stupide, dit-elle d'une voix étouffée par la chemise contre laquelle Poseidon la serrait. Cet homme était un prédateur. Il a mis à profit tes émotions pour abuser de toi. Et puis, l'amour que l'on ressent pour quelqu'un ne s'évapore pas instantanément, juste parce qu'on a été trahi.

Poseidon ne desserrait pas son étreinte. Andie sentait qu'il appuyait la joue sur sa tête. Il était bien plus grand et plus fort qu'elle, pourtant on aurait dit qu'il se cramponnait à elle.

Pendant un long moment, elle demeura immobile, les yeux fermés, à écouter les battements du cœur de Poseidon, à inhaler son parfum. Puis, petit à petit, il l'enlaça moins étroitement et changea de position. Ce fut seulement alors qu'Andie se risqua à rencontrer le regard baissé sur elle, dont le bleu assombri reflétait des émotions qu'elle n'aurait su interpréter. Sans se reculer, Poseidon referma ses grandes mains en coupe autour de son visage.

— Toi aussi, ta sœur t'a fait souffrir, n'est-ce pas ? dit-il d'une voix très douce.

Sous le choc, Andie cilla à plusieurs reprises. Elle allait protester que ses sentiments importaient peu, que Chrissy était morte depuis longtemps, que... Mais elle se ravisa. Car, oui, elle avait souffert de ne pas réussir à convaincre sa sœur de changer de mode de vie.

— C'est vrai, dit-elle. Je me suis sentie inutile, impuissante à l'aider... Je me trouvais nulle !

Le regard que Poseidon posait sur elle était tellement tendre qu'Andie en eut le souffle coupé.

— Tu n'es rien de cela, murmura-t-il. Tu es forte, courageuse, bienveillante. Tu es la femme la plus extraordinaire que j'aie jamais rencontrée, Andromeda. Tu es un être… *spécial*.

Inclinant la tête, il déposa un baiser fugitif sur ses lèvres, avant de se redresser pour ajouter :

— Laisse-moi te le prouver, *asteri mou*…

Andie n'émit pas la moindre protestation lorsque les longs doigts firent glisser la fermeture Éclair de sa robe, dont il la débarrassa avec d'infinies précautions, de sorte qu'elle se retrouva sans rien d'autre sur elle que sa culotte de dentelle.

Après avoir soigneusement déposé le vêtement sur le dossier du canapé, il revint vers elle et se laissa tomber à ses pieds. Levant les deux mains, il les promena très doucement sur ses seins, ses flancs, ses cuisses, avant de s'incliner pour déposer une pluie de baisers sur son ventre. Insinuant les doigts sous l'élastique de la culotte, il la fit descendre le long de ses jambes jusqu'au sol, l'aidant à faire un pas pour s'en écarter. Ensuite, il posa les mains sur ses hanches et nicha sa bouche brûlante entre ses cuisses. Tandis que sa langue experte lui prodiguait les plus grisantes caresses, Poseidon continua à faire courir ses paumes sur tout le corps d'Andie, en épousant les courbes avec une telle vénération que cela lui mit les larmes aux yeux, à nouveau.

Avec des coups de langue appliqués, il semblait déguster la saveur de son intimité secrète, tandis que des gémissements de plaisir montaient de la gorge d'Andie, et que des frémissements couraient le long de ses cuisses. Lentement, tendrement, Poseidon poursuivit son exploration en la tenant devant lui comme si elle était ce qu'il y avait de plus précieux sur terre.

Agenouillé dans une posture de vénération, il continua à l'honorer jusqu'au moment où elle fut secouée de spasmes irrépressibles. Alors il se leva, la soulevant de terre pour l'emporter jusqu'au canapé. Une fois qu'il l'eut installée sur les coussins, il se dévêtit pour s'allonger sur elle.

Andie l'accueillit entre ses bras, se délectant de la douceur de sa peau brûlante. C'était une volupté dont elle était certaine de ne jamais être rassasiée. Lorsqu'il plaça son membre durci à l'orée de son sexe, elle tendit la main pour le guider en elle. Poseidon la pénétra, et la sensation de plénitude qui submergea Andie était incomparable.

Nouant les jambes sur ses reins, elle l'attira plus profondément en elle. Ce fut sans cesser de vriller son regard au sien que Poseidon se mit en mouvement. Dans les prunelles bleues, Andie lisait la faim dévorante qui l'animait. Elle savourait cette certitude, palpant les larges épaules, le dos musculeux avec la même ferveur qu'il mettait dans ses caresses.

La magie qu'ils créaient ensemble, dans ces moments de totale communion, ne tarderait pas à s'achever, et Andie ne supportait pas cette affreuse perspective. Comment accepter que tout cela ait une fin ? Comment accepter de le perdre ? Pourtant, c'était ce qu'il allait advenir, et elle n'y pouvait rien.

Tu vas devoir te contenter de ça, parce que tu n'auras jamais davantage.

L'orgasme les terrassa tous deux en même temps, cramponnés l'un à l'autre.

Alors une certitude envahit Andie : elle saurait profiter de ce merveilleux mariage, dans sa magnifique robe, dans la superbe église, au bras de cet homme sublime. Elle ne conserverait rien de tout cela, cependant son cœur débordait de reconnaissance à l'idée d'y avoir goûté.

C'était plus que ce que sa sœur avait jamais connu, après tout.

10

La petite église était pleine à craquer, Dimitra ayant insisté pour inviter tous ses amis personnels, ainsi que l'aristocratie du minuscule royaume au grand complet.

Planté à côté de Poseidon, Asterion faisait office de témoin, et il dévorait des yeux sa ravissante épouse, Brita. Assise sur le même banc que Dimitra, elle retournait à son époux un regard tout aussi énamouré.

À sa grande stupéfaction, Poseidon était habité par une nervosité lui rendant difficile le fait de s'intéresser à ce qui l'entourait. Pourquoi diable être hanté par cette crainte sourde, quand il allait simplement épouser Andromeda ?

Le souvenir des événements de la veille lui vint à l'esprit. Andromeda l'avait serré dans ses bras comme s'il comptait vraiment à ses yeux. Or, cela faisait fort longtemps que personne ne lui avait donné ce sentiment.

Sauf que le poids qu'elle avait ôté de ses épaules semblait revenir l'oppresser, sans qu'il comprenne pourquoi.

Il perçut le regard acéré de Dimitra posé sur lui et se demanda si elle avait conscience du malaise qui le taraudait. Après avoir assisté Andromeda dans les préparatifs du mariage, la vieille dame était venue lui dire qu'elle se réjouissait de son choix. Il était clair, avait-elle affirmé, que la jeune femme était éperdument amoureuse de son futur époux. De plus, avait-elle insisté, la fougueuse activiste avait réussi à dompter « l'Ogre des mers » !

Pour l'instant, Poseidon ne se sentait pas véritablement « dompté ». Il était en proie à des émotions aussi conflictuelles que dérangeantes. Quelque part entre impatience frénétique et accès de possessivité aiguë. Comme s'il était prêt à en venir aux mains avec quiconque se mettrait en travers de sa route pour le dissuader d'épouser Andromeda. Ridicule !

Dans quelques minutes, elle serait sa femme. Ensuite, il l'emporterait jusqu'à sa villa où il lui ferait l'amour toute la nuit. Après cela, ils s'envoleraient pour les Maldives où il se réjouissait à l'avance d'être libre de la posséder aussi souvent qu'il le voudrait, de se réveiller à ses côtés chaque matin, de se livrer à d'interminables conversations au cours desquelles sa petite sirène lui exposerait ses passions, ses rêves, ses espoirs…

Ensuite, vous partirez chacun de votre côté.

Oui ! Il ne pouvait en être autrement.

Poseidon en était là de ses réflexions lorsque les portes de l'église s'ouvrirent sur Andromeda. Elle était seule, ayant refusé que qui que ce soit la conduise à l'autel. Sa merveilleuse robe de mariée avait été complétée par un voile formant une longue traîne derrière elle. Entre ses mains, elle tenait un bouquet de pivoines aussi immaculées que la soie arachnéenne qui l'enveloppait.

À peine Andromeda entama-t-elle la remontée de l'allée centrale qu'elle souda son beau regard vert au sien, avec une détermination farouche.

Poseidon fut submergé par une bouffée d'émotion qui lui noua la gorge. Andromeda savait tout de lui ! Néanmoins, elle l'avait pris dans ses bras, l'avait embrassé, s'était donnée à lui… et lui avait permis d'oublier le garçon qu'il avait été, suffisamment stupide pour abandonner une partie de son âme dans le seul but d'être aimé.

Andromeda s'approcha, et il sentit un étau enserrer sa poitrine. Les nerfs à vif, il était envahi par une possessivité qui le terrifiait.

Non ! Pas avec elle ! Avec personne !

Après Michel, il s'était contraint à étouffer en lui toute émotion. Plus jamais il ne se mettrait en situation de laisser ses sentiments pour quelqu'un le rendre vulnérable. Or, voilà que cette superbe et étonnante femme avait trouvé le moyen de transpercer des défenses qu'il croyait aussi solides que le roc.

La raison n'aurait-elle pas voulu qu'il renonce à tout projet de lune de miel ? De nuit de noces, même ? Ne serait-il pas souhaitable que leurs routes se séparent juste après la cérémonie ?

Pas question ! Poseidon ne pouvait renoncer à jouir d'Andromeda aussi longtemps que cela lui serait possible – jusqu'au jour fixé pour leur séparation.

Et tant pis si cela signifiait être un monstre d'égoïsme.

Voyant Andromeda remonter l'allée à pas lent, il dut lutter pour ne pas se précipiter vers elle, la soulever du sol et la jeter sur son épaule, afin de l'emporter loin de tous ces regards inquisiteurs.

Sauf qu'il n'avait pas la sauvagerie d'une bête, aussi demeura-t-il immobile, attendant qu'elle vienne se placer à ses côtés. Lorsque le prêtre unit leurs mains pour réciter les prières de circonstance, Poseidon entendit les mots résonner à son oreille comme s'il s'agissait d'une vérité, au lieu du simulacre de cérémonie auquel il avait convaincu Andromeda de se prêter. Puis, quand Asterion tint les deux couronnes au-dessus de leur tête – selon la tradition orthodoxe –, ce fut à peine si Poseidon perçut le discours de l'officiant tant son cœur cognait dans sa poitrine.

À travers le voile, Andromeda plantait dans le sien son beau regard sincère, et ils échangèrent les alliances. D'une certaine façon, l'anneau de platine autour de son doigt lui rappelait leur étreinte de la veille, et il retrouvait la même impression que cela l'enracinait dans le moment présent.

Quand la permission d'embrasser la mariée lui fut accordée, il dut encore lutter contre ses pulsions pour ne pas dévorer les lèvres sensuelles. Il se l'autoriserait plus tard. Pour l'instant, il lui fallait garder le contrôle. Cette émotion était sans importance.

Comme avec Michel ?

Non, ce n'était pas la même chose ! Ce qu'il ressentait en cet instant n'avait rien de commun avec ce qu'il avait éprouvé pour Michel.

Il lui suffit du chaste baiser qu'il déposa sur les lèvres d'Andromeda – et du regard malicieux dont elle le gratifia – pour qu'il décide sur-le-champ qu'après les formalités d'usage, ils se dispenseraient de la réception organisée par Dimitra. Cette dernière comprendrait. Tout ce qu'elle verrait, c'était un jeune couple impatient de se retrouver en tête à tête.

Une fois qu'ils eurent signé les différents registres, et posé pour les photographes, Poseidon prit Andromeda par la main et lui fit descendre en hâte les quelques marches à la sortie de l'église, vers la limousine décorée de fleurs.

— Viens, souffla-t-il à son oreille. Laissons tomber la réception. Je veux ma nuit de noces tout de suite.

Il vit s'empourprer le ravissant visage.

— Maintenant ? s'étonna-t-elle. Mais tout le monde va savoir ce que nous allons faire, non ?

— Tant mieux ! Cela ne fera qu'ajouter la touche finale à cette comédie.

Crois-tu vraiment que ce soit une simple comédie ?

Repoussant cette interrogation importune, Poseidon prit Andromeda dans ses bras à peine la portière se refermait-elle sur eux. Se laissant aller contre lui, la tête posée sur son épaule, elle lui offrit ses lèvres. Il les prit en un baiser passionné.

— Tu es ma femme, maintenant, Andromeda, souffla-t-il contre sa bouche. Je veux que tu m'appartiennes.

— Il y a longtemps que je t'appartiens, répliqua-t-elle d'une voix rauque. Depuis le jour où tu es venu à ma rencontre, lorsque tu as fait poser ta veste sur mes épaules...

Se reculant pour la dévisager, Poseidon vit briller dans le regard vert une lueur qui lui serra le cœur. L'inquiétude qui s'était emparée de lui avant la cérémonie revint le titiller. Car, s'il était honnête avec lui-même, ce qu'il avait lu dans les yeux d'Andromeda n'avait rien de mystérieux : elle éprouvait de tendres sentiments à son égard.

— Petite sirène, fit-il d'une voix enrouée, j'espère que tu n'oublies pas que notre histoire touche à sa fin. Après cette nuit, et quelques jours de lune de miel, nous nous séparerons. Je ne peux pas te donner davantage, tu le sais ?

Elle cligna des paupières.

— Bien sûr ! répondit-elle. Tu me l'as dit plusieurs fois.

Levant une main vers lui, Andromeda lui caressa délicatement une joue. C'était sur un ton posé qu'elle avait répondu, pourtant Poseidon y percevait une pointe de regret.

Elle attend que tu lui donnes davantage...

Non ! s'indigna-t-il en silence. Il ne pouvait pas – ne *voulait* pas – lui donner davantage. Alors, ne serait-il pas plus juste qu'ils se séparent dès maintenant ?

C'est quelqu'un d'extraordinaire ! Elle mérite de rencontrer un homme qui la chérira pour le restant de ses jours.

Le sang de Poseidon se glaça dans ses veines. Il avait toujours été conscient de son égoïsme forcené, et il savait qu'exiger d'Andromeda une nuit de noces, ainsi qu'une lune de miel, n'avait qu'un seul objectif : satisfaire sa propre lubricité, son désir personnel.

Au fond, tu n'es pas différent de Michel.

Une main glacée enserra le cœur de Poseidon. Oui, il se

comportait exactement comme Michel. Ou comme Simon l'avait fait avec cette malheureuse Chrissy. Il faisait partie de ces hommes qui se servent des sentiments éprouvés par autrui pour satisfaire leurs propres pulsions.

N'était-ce pas ce qu'il avait fait avec Andromeda depuis l'instant où il était venu à sa rencontre ? Il avait utilisé l'amour qu'elle ressentait pour sa sœur – et son chagrin – dans le but de l'embobiner et lui faire accepter ce dont elle ne voulait pas. Puis, jouant sur la flagrante alchimie qui s'était révélée entre eux, il n'avait pensé qu'à satisfaire son propre désir.

Peu importait qu'Andromeda ait été consentante, qu'elle se soit réjouie du respect qu'il lui manifestait, du fait qu'il lui avait donné le sentiment d'être *spéciale*. Il n'en restait pas moins qu'il l'avait poussée à accepter quelque chose qu'elle n'aurait jamais imaginé faire. Poseidon ne savait que trop bien comment, au bout du compte, cela donnait le sentiment d'être souillé, sans valeur.

Il était inimaginable de faire subir la même chose à Andromeda. Plutôt mourir !

Avec mille précautions – quand tout son être criait son envie du contraire –, il l'écarta de lui. Elle ouvrit des yeux ronds et s'alarma :

— Quelque chose ne va pas ?

Il eut l'impression qu'un couteau se plantait dans son cœur. Il respirait avec peine, mais il lui fallait poursuivre ce qu'il avait commencé. Le plus tôt serait le mieux. Il s'obligea à soutenir le regard anxieux levé vers lui.

— Je suis désolé, Andromeda, dit-il, mais j'ai changé d'avis. Il est préférable que nous nous séparions sans attendre. Je vais te ramener chez moi pour que tu y prennes tes affaires. Mon jet te reconduira à Londres dès ce soir.

Andie ne comprenait rien à ce qui venait de se passer. Un moment, elle était dans les bras de Poseidon, heureuse de sentir sa chaleur contre sa joue. L'instant d'après, il l'éloignait de lui pour annoncer qu'il la renvoyait chez elle.

Qu'avait-elle fait de mal ?

Lorsqu'elle était entrée dans l'église, le découvrant au pied de l'hôtel, elle avait eu l'impression de vivre un rêve éveillé. Dans sa robe de princesse, au cœur de la plus jolie petite église qui soit, elle épousait l'homme le plus séduisant de la terre. Ensuite, ils profiteraient d'un merveilleux voyage de noces.

Andie n'ignorait pas que tout cela aurait une fin. Pour l'instant, elle se refusait à y penser. Ne pouvait-elle jouir sans arrière-pensée de ce que la vie lui offrait, même momentanément ?

Cependant, à peine étaient-ils installés dans la limousine qui les attendait à la sortie de l'église qu'elle avait vu changer le regard de Poseidon. La lueur torride éclairant les magnifiques yeux bleus s'était éteinte. Était-ce qu'il ne la croyait pas lorsqu'elle se disait prête à se contenter de ce qu'il avait à donner ?

Tu sais bien que c'est faux ! Ça ne te suffit pas.

Certes, mais elle n'insisterait pas. Ce n'était pas dans ses habitudes. D'ailleurs, en cet instant même, Andie avait beau mourir d'envie de tendre les mains vers Poseidon, elle n'en faisait rien, préférant les nouer sur ses genoux.

— Est-ce que j'ai fait quelque chose qui… ?

La gorge nouée, elle fut incapable d'en dire plus.

— Non, ce n'est pas ta faute, la rassura Poseidon. C'est juste que j'ai pris conscience d'avoir utilisé le chagrin que t'inspire encore la mort de Chrissy afin de te plier à ma volonté. Ce mariage, c'était *mon* idée. Tout comme la nuit de noces, ou la lune de miel. À l'origine, tu ne voulais pas avoir affaire à moi.

La lumière se fit instantanément dans l'esprit d'Andie. Elle se figea, glacée jusqu'aux os.

— Poseidon, dit-elle d'un ton ferme, tu n'as rien de commun avec *lui* !

— Crois-tu ? Michel avait su utiliser mes sentiments pour me manipuler. C'est exactement ce que j'ai fait avec toi.

— C'est faux ! Tu ne m'as jamais forcée à quoi que ce soit. D'accord, au début, c'est à cause de La Maison de Chrissy que j'ai accepté cette relation. Mais ensuite, c'est *moi*, et moi *seule* qui ai pris la décision de continuer. Et tu ne m'as jamais menacée de quelques représailles que ce soit si je refusais.

— Sauf que tu savais qu'en pareil cas, je ne financerais pas ton association.

— Ce n'est pas de la manipulation, Poseidon. Tu m'as clairement mis le marché en main, dès le début.

Poseidon secoua farouchement la tête.

— Peut-être, fit-il. Néanmoins, ce que je me préparais à faire relève de la manipulation la plus éhontée. J'étais prêt à t'extorquer quelques heures, ou quelques jours de plus, simplement pour satisfaire mes appétits sexuels. Alors que tu attends bien davantage. Pas vrai, petite sirène ?

Il y avait tant de douceur dans la voix de Poseidon que le cœur d'Andie se serra. Les larmes lui montèrent aux yeux. Ce n'était pas le moment de pleurer, aussi cligna-t-elle des paupières à plusieurs reprises.

— Écoute, je sais pertinemment que notre histoire n'a pas d'avenir, protesta-t-elle. Mais je suis tout à fait capable d'affronter notre séparation et…

Levant une main, Poseidon l'empêcha d'aller plus loin.

— Andromeda, ce n'est pas ce que tu veux réellement.

Mais qu'en savait-il ? De quel droit parlait-il pour elle ? Si elle en avait eu la force, Andie se serait mise en colère, aurait tempêté… Sauf qu'il n'y avait en elle aucune fureur. Plutôt le besoin d'avouer ce qu'elle ressentait. Et puis, ne préférait-elle pas toujours être honnête ?

— Tu as raison, souffla-t-elle. Ce n'est pas ce que je veux.

Les mâchoires de Poseidon se crispèrent.

— Or ce que tu veux, répliqua-t-il, je ne peux pas...

Cette fois, ce fut au tour d'Andie d'imposer le silence.

— Je sais, fit-elle. Mais je refuse de continuer à te mentir. Je désire effectivement bien plus que ce que tu es prêt à donner. La vérité, c'est que je suis amoureuse de toi.

Les yeux de Poseidon étaient devenus d'un bleu tellement sombre qu'on aurait presque cru qu'ils étaient noirs. Sans même prendre la peine d'effacer sur son visage les larmes qu'elle ne retenait plus, Andie enchaîna :

— Je n'ai pas envie, non plus, de me mentir à moi-même. J'ai toujours imaginé que c'était Chrissy qui rêvait d'un mariage en blanc. C'est faux ! Moi aussi, j'aspire à une union romantique. Et je veux être *aimée*.

À la façon dont les traits harmonieux se crispèrent, Andie comprit qu'elle venait d'asséner un coup fatal à Poseidon. Sauf qu'elle n'avait pas fini d'ouvrir son cœur, aussi poursuivit-elle :

— Je t'aime, Poseidon. Et pas parce que je vois en toi une autre cause à défendre. Non, j'aime l'homme que tu es, et tout ce que tu me donnes, que personne ne m'a jamais donné. Mais ça ne peut pas être en te forçant à quoi que ce soit. Jamais !

Sur le visage qui se tourna vers elle, Andie lut un mélange de désir, de nostalgie et de regret. Cela finit de lui briser le cœur, et ses pleurs redoublèrent.

— Je suis désolé, mon adorable petite sirène, déclara Poseidon d'une voix brisée. J'aimerais vraiment pouvoir te satisfaire. Mais je me suis fait une promesse intangible, il y a des années. Celle de ne m'attacher à personne d'autre que ma grand-mère, mon frère, et mon entreprise. Il n'y a pas de place dans ma vie pour qui que ce soit à part cela.

D'une main, il tâcha d'effacer les larmes sur les joues d'Andie, avant de reprendre :

— Tu mérites de trouver un homme auprès duquel tu te sentiras aussi extraordinaire que tu l'es réellement. Un homme qui te donnera tout l'amour auquel tu as droit. Quelqu'un que la vie n'aura pas brisé, comme je le suis moi-même.

Tout le corps d'Andie était parcouru par une souffrance d'une intensité qu'elle n'aurait jamais imaginée. Elle appuya la joue contre la main de Poseidon, s'accordant ce dernier contact avec lui. Puis, ravalant ses sanglots, elle déclara :

— Tu es un homme merveilleux, Poseidon. Ne va pas croire que Michel a réussi à te briser. Ce serait lui accorder bien trop de pouvoir sur toi. Le laisser régir ta vie, par-delà les années. Et je veux que tu saches que s'il existe, sur cette terre, quelqu'un qui t'aime exactement tel que tu es – y compris avec cette blessure dont tu penses ne jamais guérir –, cette personne, c'est *moi*.

Dans les prunelles bleues, Andie vit passer une lueur de souffrance qui lui fit espérer que Poseidon allait changer d'avis. Elle se figea. Sauf qu'il laissa retomber sa main.

— Trouve quelqu'un qui t'aimera de cette manière, Andromeda, dit-il. C'est ce que tu es en droit d'attendre.

Il était inutile de lutter, comprit Andie. Mais si elle voulait préserver sa santé mentale, il était urgent qu'elle mette le plus de distance possible entre elle et Poseidon. Baissant le regard sur la robe tachée de larmes, elle murmura :

— Je préfère ne pas passer chez toi. Conduis-moi directement à l'aéroport.

11

Dans la pénombre du salon, Poseidon serrait dans sa main son verre de whisky – le troisième de la soirée – en fixant l'alliance autour de son annulaire.

Cela aurait dû être sa nuit de noces, mais il avait exaucé la requête d'Andromeda en la conduisant directement à l'aéroport. En cet instant même, elle était en route pour Londres. Comme cela devait être. Comme lui-même l'avait souhaité.

Néanmoins, le souvenir des larmes roulant sur le joli visage lui transperçait l'âme. C'était avec une tristesse incompréhensible qu'il l'avait suivie du regard, tandis qu'elle montait dans le jet, le poing refermé sur la jupe de sa robe de mariée.

Il ne s'était pas attendu à pareille émotion. N'aurait-il pas dû être soulagé ?

Pourquoi était-il taraudé par un tourment qui lui donnait à penser qu'Andromeda avait emporté un morceau de son cœur ? C'était à n'y rien comprendre !

Lorsqu'elle lui avait avoué son amour, il avait été traversé d'un fol espoir. Avant qu'un froid glacial l'envahisse. En quoi l'amour était-il source d'espoir ? L'amour ne causait que souffrance et vulnérabilité. L'amour était une arme fatale, que Poseidon était bien décidé à ne plus jamais mettre entre les mains de qui que ce soit.

Aussi n'avait-il eu d'autre choix que de laisser partir

Andromeda. La sachant amoureuse de lui – un sentiment qu'il n'était pas en mesure de lui retourner –, il était impossible qu'il la soumette au même genre de torture émotionnelle que celle que Michel lui avait infligée.

Andromeda était une femme exceptionnelle. Elle trouverait un homme disposé à lui offrir bien plus qu'une simple relation sexuelle. Lui-même n'avait rien d'autre à proposer.

Poseidon demeura dans son fauteuil un long moment, attendant de sentir la souffrance s'évanouir en lui. Sauf que l'apaisement ne venait pas. Comme s'il était en deuil. Ce qui était étrange, car personne n'était mort.

Il finit par entendre des voix dans le hall d'entrée. Celle de sa gouvernante, et une autre, beaucoup plus grave. Puis une haute silhouette entra dans la pièce d'un pas nonchalant.

— Je n'aurais jamais pensé que broyer du noir était dans tes habitudes, déclara Asterion en s'installant dans le fauteuil opposé au sien.

Les doigts de Poseidon se resserrèrent autour du verre. Un jour, il faudrait qu'il parle de Michel à son frère. Mais il n'en avait pas le courage pour l'instant.

— Qu'est-ce qui t'amène ? lança-t-il d'un ton rogue.

— On m'a dit qu'on avait vu Andromeda monter à bord de ton jet. Seule. J'ai pensé que cela méritait que je vienne aux nouvelles.

— Elle est partie. C'est tout. Rien à ajouter.

— Et c'est la raison pour laquelle tu as décidé de te soûler ? En tête à tête avec toi-même…

Levant le verre, Poseidon s'efforça de plaquer sur son visage le sourire dont il était coutumier, sauf que cela lui parut un effort insurmontable. Il y renonça.

— Libre à toi de te joindre à moi, déclara-t-il.

Asterion s'adossa au fauteuil, allongeant ses jambes interminables.

— Je te remercie, mais je n'y tiens pas, fit-il. Je n'ai aucun goût pour les séances d'apitoiement.

— Qu'est-ce que tu racontes ? s'énerva Poseidon. Je ne suis pas en train de m'apitoyer sur mon sort !

— Ah bon ? C'est pourtant l'impression que tu donnes, assis dans le noir, à boire comme un trou parce que ta femme t'a quitté.

— Elle ne m'a pas quitté. C'est moi qui lui ai demandé de partir.

Le regard azur d'Asterion – tellement semblable au sien – dévisagea Poseidon.

— Pourquoi diable ? s'étonna-t-il. Tout le monde a pu voir que tu en es amoureux fou.

Sous le choc, Poseidon eut l'impression de recevoir une décharge électrique.

— N'importe quoi ! Je ne suis pas amoureux.

Dans sa bouche, ces dénégations avaient la saveur âcre du mensonge.

— Bien sûr que si. J'ai vu la façon dont tu la regardais quand elle est entrée dans l'église. Même Dimitra l'a remarqué. Alors, qu'est-ce qui t'a pris de la chasser ?

En son for intérieur, Poseidon regimba : son frère ne comprenait rien à la situation !

— Un jour, je t'expliquerai, dit-il en prenant une gorgée de whisky. Mais pour l'instant, tout ce que je peux dire, c'est que j'ai décidé que cela valait mieux pour Andromeda.

Asterion fronça les sourcils.

— Ça n'a pas de sens. En quoi est-ce que cela vaut mieux ? Elle aussi est follement éprise de toi.

— Je ne souhaite à personne de tomber amoureux. Pas même à mon pire ennemi !

— Je te remercie de sous-entendre que je suis pire que ton pire ennemi.

Poseidon dévisagea son frère.

— Comment est-ce que tu *supportes* ça ?

— Tu veux dire, comment est-ce que je supporte d'être amoureux ? Mais ce n'est pas comme cela que les choses se passent. Je me nourris de l'amour que j'éprouve pour Brita. C'est ce que j'ai de plus précieux au monde. Crois-moi, frangin, l'amour est quelque chose de merveilleux. Tu n'as pas à en avoir peur. Je sais que nous avons traversé un drame épouvantable, toi et moi. Mais tu ne dois pas permettre que les cicatrices que tu en as gardées t'empêchent d'être heureux.

Le regard d'Asterion se fit plus grave.

— Tu mérites de connaître le bonheur, Poseidon, reprit-il. Et Andromeda en a également le droit.

Le cœur serré, Poseidon s'absorba dans les réflexions que lui inspiraient les remarques de son frère. Andromeda lui avait avoué son amour, et à aucun moment cela ne lui avait pesé. Il ne s'était jamais senti souillé, ou coupable de quoi que ce soit. Au contraire, elle lui avait donné le sentiment qu'il était un homme de valeur. Et dans ses bras, il avait éprouvé bien davantage que du plaisir physique. Quelque chose de plus profond… qui ressemblait terriblement… au bonheur.

Elle ne se comporterait pas avec toi comme Michel l'a fait !

Andromeda était l'honnêteté incarnée. Elle aurait pu utiliser contre lui le désir qu'il ne se cachait pas d'éprouver pour elle. Ce qu'elle n'avait pas fait. Et lorsqu'il lui avait annoncé avoir changé ses plans, alors que les larmes ruisselaient sur son visage, elle avait respecté sa décision. En dépit de son évidente souffrance, elle n'avait pas protesté.

Or, ce n'était pas *elle* qui était en cause dans ce choix, mais bien *lui*. Car il s'était senti tellement minable, après Michel, qu'il ne pouvait concevoir qu'Andromeda lui accorde une réelle valeur.

« Tu es un homme merveilleux, Poseidon. Ne va pas croire que Michel a réussi à te briser. Ce serait lui accorder bien trop de pouvoir sur toi. »

C'était ce qu'Andromeda avait dit, sans qu'il parvienne à accorder foi à son jugement. En effet, comment croire qu'il était « un homme merveilleux » quand quelqu'un s'était employé à le manipuler, à jouer sur ses faiblesses, sa fragilité ?

Encore une fois, tu continues à laisser ce type diriger ta vie. Tu sais bien que s'il n'y avait pas eu cette histoire, rien ni personne n'aurait pu se mettre entre toi et Andromeda.

Soudain, Poseidon eut une révélation : l'amour n'avait rien à voir avec la manipulation ! Ce n'était pas une arme !

L'amour, c'étaient les bras d'Andromeda autour de lui. C'étaient ses magnifiques yeux verts braqués sur lui, tandis qu'elle remontait l'allée centrale de l'église. C'étaient les larmes inondant son adorable visage, quand il lui avait dit ne plus vouloir d'elle. C'étaient les raisons qui la poussaient à se battre en mémoire de sa sœur – comme elle le ferait pour lui, si les circonstances l'exigeaient.

Et l'amour, c'était cette passion dans son cœur, cette souffrance dans son âme. Le chagrin qui l'avait envahi en suivant des yeux Andromeda qui montait dans l'avion.

Il aimait cette femme. Éperdument.

Asterion hocha la tête comme si son frère avait exprimé toutes ces idées à voix haute.

— Je crois que tu as compris, dit-il d'une voix apaisante.

Poseidon posa brusquement son verre sur la table, près du fauteuil.

— Je compte sur toi pour annoncer à Dimitra que je pars à Londres, chercher ma femme, dit-il. Une lune de miel nous attend.

Des problèmes avec le plan de vol obligèrent le jet à se dérouter vers Paris. L'attente sur le tarmac sembla durer des heures à Andie, pourtant cela lui était éperdument égal. Elle s'était maîtrisée jusqu'au décollage, mais avait éclaté en sanglots en voyant s'éloigner le petit royaume par le hublot. Poseidon lui manquait si affreusement que chaque parcelle de son corps lui faisait mal.

Ils n'avaient pas échangé un seul mot pendant le trajet jusqu'à l'aéroport. C'était sans un regard en arrière qu'elle était sortie de la limousine. Si seulement elle avait pu se mettre en colère contre lui, au lieu de souffrir mille morts ! Mais encore une fois, elle était incapable de mobiliser sa rancœur, submergée qu'elle était par les regrets.

Tu t'en remettras. La vie continue, comme après le décès de Chrissy.

Certes, on se relevait du deuil le plus tragique. Andie ne l'ignorait pas. Mais elle savait aussi qu'on en ressortait transformé. Déjà, elle n'était plus la même que lorsqu'elle avait atterri sur l'île, quelques jours plus tôt.

Dire qu'elle avait commis la folie de tomber amoureuse d'un homme dont elle n'aurait jamais pu imaginer se sentir proche ! Or, voilà que cet homme lui brisait le cœur.

Mais pour aussi douloureuse que soit cette expérience, elle ne regrettait rien. Poseidon Teras était digne d'être aimé, et elle continuerait à l'aimer jusqu'à son dernier souffle.

L'hôtesse vint lui annoncer que l'avion redécollait et Andie sécha ses larmes, espérant ne pas afficher une mine exagérément défaite. À leur arrivée à Londres, il lui faudrait appeler un taxi.

Une fois qu'ils se furent posés, et que l'équipage eut déverrouillé la porte du jet, Andie rassembla autour d'elle la jupe de sa robe de mariée et se posta en haut de l'escalier en métal, laissant son regard errer sur la piste mouillée, dans la sinistre lumière d'une fin d'après-midi londonienne.

Mais qu'était-ce donc que cette longue voiture noire à seulement quelques pas ? Et cet homme appuyé au capot, les bras croisés ? Un homme très grand, à la silhouette impressionnante, vêtu d'un élégant habit de cérémonie...

Le cœur d'Andie fit un bond dans sa poitrine.

Poseidon !

Sous le choc, elle se figea. Elle demeura un long moment en haut des marches, tandis que le vent faisait voler sa robe et qu'elle se contentait de fixer son mari d'un regard incrédule. Il était trop loin pour qu'elle perçoive l'expression de son visage, ce qui la décida à descendre à sa rencontre.

Ce fut à cet instant que la colère l'envahit.

Que diable Poseidon faisait-il là ? Comment avait-il le culot de venir l'attendre à l'arrivée de l'avion, alors qu'il lui avait brisé le cœur en mille morceaux à peine quelques heures auparavant ? Avait-il oublié quelque chose qui ne ferait qu'ajouter à son désespoir ?

Posant le pied sur le tarmac, elle se dirigea vers lui d'un pas décidé. Les traits du beau visage qu'elle aimait tant affichaient une résolution farouche. Dans les magnifiques yeux bleus brillait un feu ardent. Elle retrouvait l'homme passionné qu'elle connaissait si bien.

— Qu'est-ce que tu fiches là ? siffla-t-elle entre ses dents serrées. Est-ce que... ?

Poseidon ne la laissa pas aller au bout de sa question. Il lui suffit d'un pas ou deux pour être devant Andie et la prendre dans ses bras en une étreinte fougueuse.

— Ce que je fiche là ? répéta-t-il en s'écartant pour planter dans celui d'Andie un regard de braise. Je suis venu te dire que je t'aime comme un fou, Andromeda Lane. Et que je suis conscient d'avoir commis la plus grossière erreur de ma vie. Je n'aurais jamais dû te laisser partir. Maintenant que je t'ai retrouvée, je ne te quitterai plus jamais.

La fureur d'Andie s'évapora instantanément. Le cœur battant, elle sentit la chaleur du grand corps l'envahir tout entière, la dépouillant de toute sa capacité de résistance.

— Je croyais que tu te refusais à éprouver de l'amour, dit-elle d'une voix voilée.

— Je le croyais aussi. Puis Asterion est venu me remettre les idées en place.

Andie sentit sa gorge se serrer.

— Est-ce que tu lui as parlé de... ?

— Non. Je le ferai, un jour. Mais ce n'était pas le moment. En tous les cas, je dois une fière chandelle à mon frère. Ses remarques m'ont permis de comprendre combien tu avais raison, petite sirène. Je continuais à agir comme si Michel dictait mes choix.

Incapable de résister plus longtemps, Andie prit en coupe entre ses mains le visage aimé.

— Oh ! Poseidon..., souffla-t-elle.

— J'ai réalisé que si Michel n'avait pas existé, rien ni personne n'aurait pu se mettre en travers de mon chemin et empêcher que je vive avec toi.

Un sourire radieux éclaira le visage de Poseidon – un sourire plus chaud que le plus vif soleil d'été. Avant qu'il ajoute :

— Je suis au regret de t'annoncer que, dorénavant, je compte bien être ton époux pour le restant de tes jours, Andromeda.

Dans sa poitrine, Andie eut l'impression que son cœur se déployait comme une fleur. Ses yeux se mouillèrent.

— Si je comprends bien, murmura-t-elle, je n'ai pas d'autre choix qu'accepter ?

— Tu auras toujours le choix d'accepter ou refuser ce que je te propose, ma merveilleuse épouse, dit-il.

— C'est parfait, souffla-t-elle à l'instant où les lèvres de Poseidon allaient se poser sur les siennes. Parce que, dans ce cas, mon choix sera toujours d'être avec toi.

Épilogue

Assis avec son frère à l'ombre d'un olivier, Poseidon songea que, décidément, leur petite île était le plus bel endroit au monde où profiter de la splendeur de l'été.

Son attention fut attirée par les exclamations furieuses de sa fille, Leni, à qui ses cousins avaient dérobé sa poupée préférée. À six ans, la fillette était dotée de la même vigueur que sa mère lorsqu'il s'agissait de faire respecter ses droits. Poseidon eut un sourire attendri en voyant son fils aîné, Nico, venir au secours de sa sœur. Du haut de ses dix ans, le garçon était beaucoup plus raisonnable. Le portrait de son père !

À quelques mètres, l'épouse d'Asterion, Brita, montrait comment construire un arc aux autres enfants. Il y avait là ceux auxquels elle avait donné naissance, mais aussi les jumeaux, Christa et Carlo, derniers-nés de Poseidon et Andromeda, qui suivaient la leçon en ouvrant tout ronds leurs grands yeux verts.

Il semblait que, dorénavant, la pratique du tir à l'arc soit devenue un passage obligé au sein de la famille Teras.

Asterion posait sur sa femme un regard débordant d'amour, ce qui ne dérangeait plus du tout Poseidon dans la mesure où sa petite sirène était pelotonnée contre lui.

En grande conversation avec Dimitra – désormais une très vieille dame –, Andromeda lui exposait l'évolution de sa fondation. De nombreuses répliques de La Maison de Chrissy allaient être construites de par le monde.

Une Leni en pleurs se jeta sur ses genoux, et Poseidon l'entoura de ses bras, caressant ses boucles de feu.

— Allons, ma chérie, murmura-t-il. Papa est là.

Asterion lui sourit, et ils échangèrent un clin d'œil entendu. Aujourd'hui, tous deux jouissaient d'un bonheur dont ils ne s'étaient même pas figuré que c'était ce qu'ils attendaient de la vie.

Au bout du compte, Dimitra avait vu juste. Les épouses qu'elle avait choisies pour eux étaient exactement celles qu'il leur fallait.

Un choix parfait !

Sauf que l'un comme l'autre, Asterion et Poseidon étaient conscients du fait que ce n'était pas le mariage qui avait domestiqué les deux Ogres de la Méditerranée.

C'était tout simplement *l'amour* !

Vous avez aimé ce roman ?
Retrouvez en numérique les frères Teras :
1. *Une innocente conquête*
2. *Ennemis devant l'autel*